۱۰۰ قصيدة من الشعر العربي القديم
# 阿拉伯古诗100首

仲跻昆　选译
仲跻昆　[巴勒

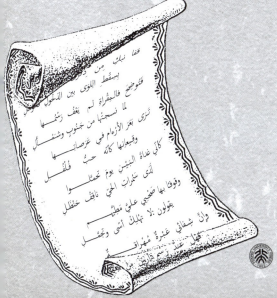

北京大学出版社
PEKING UNIVERSITY PRESS

图书在版编目(CIP)数据

阿拉伯古诗 100 首 / 仲跻昆选译 . — 北京：北京大学出版社，2019.7

ISBN 978-7-301-30579-9

Ⅰ.①阿… Ⅱ.①仲… Ⅲ.①诗集 – 阿拉伯半岛地区 – 古代 Ⅳ.① I371.22

中国版本图书馆 CIP 数据核字 (2019) 第 127000 号

| | |
|---|---|
| 书　　名 | 阿拉伯古诗 100 首<br>ALABO GUSHI 100 SHOU |
| 著作责任者 | 仲跻昆 选译 |
| 责任编辑 | 严　悦 |
| 标准书号 | ISBN 978-7-301-30579-9 |
| 出版发行 | 北京大学出版社 |
| 地　　址 | 北京市海淀区成府路 205 号　100871 |
| 网　　址 | http://www.pup.cn　　新浪微博：@北京大学出版社 |
| 电子信箱 | pkupress_yan@qq.com |
| 电　　话 | 邮购部 010-62752015　发行部 010-62750672<br>编辑部 010-62754382 |
| 印 刷 者 | 三河市博文印刷有限公司 |
| 经 销 者 | 新华书店 |
| | 850 毫米 ×1168 毫米　大 32 开本　10.5 印张　150 千字<br>2019 年 7 月第 1 版　2019 年 7 月第 1 次印刷 |
| 定　　价 | 49.00 元 |

未经许可，不得以任何方式复制或抄袭本书之部分或全部内容。
版权所有，侵权必究
举报电话：010-62752024　电子信箱：fd@pup.pku.edu.cn
图书如有印装质量问题，请与出版部联系，电话：010-62756370

# 前　言

这本《阿拉伯古诗100首》，如书名所示，选译了阿拉伯古代诗歌100首。所选的诗人是97位，其中乌姆鲁勒·盖斯、穆太奈比、麦阿里是每人两首，余者则是每人一首。

选编本书的目的有两点：一是学习阿拉伯语、阿拉伯文学的读者；二是喜爱阿拉伯文学的读者。故而选编的原则，除了所选诗歌的作者都是阿拉伯古代（5世纪至18世纪末）各个时期具有代表性的著名诗人外，所选诗歌的内容要求有益、有趣；篇幅精炼，便于学习阿拉伯语言、文学的读者对原诗学习、记忆、背诵。所选的每首诗采用中阿文对照的形式，首先对所选诗人做一简要的介绍，继而展示所选诗歌的阿拉伯原文，然后附上不才的译诗。这样一来，通过本书所选的100首短诗的译文及对诗人的简介，不懂阿拉伯语的读者至少亦可以对阿拉伯古代诗坛有个初步的印象、初步的了解，起到管中窥豹、尝鼎一脔的作用，进而引起他们想更深入了解的兴趣，这就足矣。

阿拉伯是一个诗歌的民族。诗歌始终是阿拉伯文学，特别是阿拉伯古代文学的骄子：佳作珠联，美不胜收；诗人辈出，灿若星汉。其诗人、诗篇的数量、质量似乎都不比同期的中国逊色。诗歌被认为是阿拉伯人的史册与文献。它像一面镜子，真实而生动地反映了阿拉伯民族的历史与社会现实。要想了解、认识阿拉伯的历史、社会、文化、文学，学习与研究它的诗歌是一条重要的途径。

　　中阿古代文学有极大的相似之处：两者都以诗歌为主；诗歌又多是抒情诗，且遵循严谨的格律。因而我认为学习阿拉伯语、阿拉伯文学，像学习汉语、中国文学一样，学习、背诵一些古诗非常必要。其理由似乎不必赘述。在我国，一个像样的知识分子，一个有一定文学素养的人，若是不知道《诗经》《楚辞》、唐诗、宋词、元曲，没读过李白、杜甫、白居易、苏轼的诗词，且能随口背诵几首，那简直难以想象，会贻笑大方。我们中小学的语文课本上古诗占一定的分量，且要求孩子们自幼就背诵一些古诗。我曾先后在苏丹做援外翻译，在埃及进修，在也门任教，各两年，也浏览过一些阿拉伯国家的中小学的语文课本，发现他们与我们极为相似，在中小学的语文课本上，古诗占相当大的比重。而且，阿拉伯有句俗语说"希腊人的头，中国人的手，阿拉伯人的舌头"，意思是希腊人以哲理著称，中国人以手巧闻名，而他们阿拉伯人则自诩擅长"摇唇鼓舌"。在与阿拉伯朋友交往中，我发现他们很多人的确是能说会道，正式讲话中也往往会不由自主地引述几句古诗。

　　阿拉伯人珍爱诗歌，把每一"拜特"（联句）诗比喻成一颗"珍珠"，把作诗比喻为"穿珍珠"。一些诗句往往会成为传世的格言、警句。一首短诗就是一篇言简意赅的美文，其中自然由词汇、语法构成；加之进而了解诗人的生平、诗作的背景……故而通过本书，学习、背诵一些短诗，对于学习阿拉伯语言、文学的人是一举数得、事半功倍的事，何乐而不为？！至于那些不懂阿拉伯语的人，如前所述，读一读这些诗歌的译文与诗人的简介，大约也可以打开一片新的视野。但愿如此！

本书既为阿拉伯古诗选译，我也想谈谈自己译诗的一些心得。

译事难，译诗尤难，犹如戴着枷锁跳舞。阿拉伯语与汉语是世人公认的两种最难学的语言，故而，如果我说翻译阿拉伯诗，特别是古诗，是难上加难，这大概不能算是危言耸听，过甚其辞。诗究竟是可译还是不可译，是译界历来有争议的问题。无疑，我认为大部分诗还是可译的，只是觉得不好译，译不好。但对于我来说，这是责无旁贷的事，只能硬着头皮去译，且要本着自己在翻译时的一贯主张——"既要对得起作者，也要对得起读者"，译出的诗句既要基本忠实原意，中国读者读起来又要像诗，有诗的味道。

诗歌讲究三美：意美、音美、形美，古体诗尤甚，中阿诗歌皆然。译出的诗歌既然想要让中国读者读起来也像诗，那就得也按这个标准去努力，去衡量。意美，是原诗的事，译诗只要把原诗的意思、意味表达出来就算完成任务。音美，就是译诗也要设法合乎诗歌的格律，虽不一定要求那么严谨，但至少让人读起来要合辙押韵、铿锵和谐、朗朗上口。至于形美，阿拉伯一首古典诗歌，每行（拜特）诗的上半联与下半联排起来整整齐齐，如同两根柱子，故而也称柱形体诗（الشعر العمودي）。其形如下：

————　————
————　————
————　————
————　————

我们在本书中将其略加变动，改排为：

————
　　————
————
　　————
————
　　————
————
　　————

译诗亦多照这一形式，即每行（拜特）原诗译成两行（一联句），且尽量整齐，如：

**يكلّمها طرفي...**

يكلّمها طَرْفي فتُومئ بطرفـــــــها
فيُخْبرُ عمّا في الضمير من الوجـــدِ

فإن نظر الواشون صَدَّتْ وأعرضتْ
وإن غفلوا قالتْ أ لستَ على العهدِ؟
(بشار بن برد ٧١٤-٧٨٤)

**不必开口用眼睛**

不必开口用眼睛，
　　表尽心中几多情；

人前假装不相识，
　　背后常问旧誓盟。
（白沙尔·本·布尔德　714—784）

亦有个别情况是将原诗的一行（拜特）汉译为两联句，如：

**لقد عذّبتني...**

لقد عذّبتَني يا حبّ ليلى
فقَعْ إمّا بموتٍ أو حيــــاةِ

فإنّ الموتَ أروحُ من حياةٍ
تدوم على التباعد والشّتاتِ
(قيس بن الملوّح ؟-٦٨٨)

**你使我受尽折磨**

对莱伊拉的爱呀！
　　你使我受尽折磨。
你要么让我死，
　　要么让我活。

身虽各自东西，
　　心却难分难舍。
照这样活下去，
　　真比死还难过。
（盖斯·本·穆劳瓦哈？—688）

翻译本来就是见仁见智的事，不可能有一个标准答案，译诗更是这样。所以，我选译的每首诗的译文仅供参考。错译、误译的事，恐怕也在所难免，故而希望读者不吝指正。

仲跻昆
2019年6月8日　于马甸寓

# 目 录

## 贾希利叶时期（475—622）

乌姆鲁勒·盖斯（أُمْرُء القَيْس）……2
此地曾追欢
夜愁
祖海尔（زُهَيْر بن أبي سُلْمَى）……9
战争的苦果你们尝过，你们熟悉
塔拉法（طَرْفة بن العَبْد）……12
我看……
安塔拉（عَنْتَرة بن شَدّاد）……15
你何不去问问……
阿慕鲁·本·库勒苏姆（عَمْرُو بن كُلْثُوم）……18
面斥阿穆尔·本·杏德
哈雷斯·本·希里宰（الحارِث بن حِلِّزة）……21
我们就是在仇视、诬告中成长壮大
莱比德（لَبِيد بن رُبَيْعة）……24
矜夸

纳比埃·祖卜雅尼（النابغة الذُبْيانيّ）................27
    辩解

大艾阿沙（الأعْشَى الأكْبَر）................32
    清晨我常去酒馆

阿比德·本·艾卜赖斯（عَبيد بن الأبْرَص）................35
    哲理

塔阿巴塔·舍拉（تَأبَّطَ شَرّا）................40
    侠寇行

尚法拉（الشَنْفَرَى）................43
    矜夸

欧尔沃·本·沃尔德（عُرْوة بن الوَرْد）................46
    愿将我身分众人

穆海勒希勒（المُهَلْهِل）................49
    盔甲不解剑不离！

穆赛吉布·阿卜迪（المُثَقَّب العَبْدِيّ）................54
    修身格言

哈帖姆（الحاتِم الطائيّ）................59
    金钱会来也会去

韩莎（الخَنْساء）................62
    眼啊！请慷慨地让泪水流淌不停！

## 伊斯兰初兴时期（622—661）

哈萨尼·本·沙比特（حَسّان بن ثابِت）……66

我的舌头与宝剑都锋利无比

凯耳布·本·祖海尔（كَعْب بن زُهَيْر）……69

先知是光，普照世间人寰

侯忒艾（الحُطَيْئة）……72

虔诚

阿慕鲁·本·麦耳迪凯里卜（عَمْرُو بن مَعْدِيكَرِب）……75

格言

艾布·米哈坚（أبو مِحْجَن الثَقَفِيّ）……78

矜夸

## 伍麦叶朝（661—750）

库迈伊特（الكُمَيْت）……82

为哈希姆族人

库赛伊尔·阿宰（كُثَيْر عَزّة）……85

只有热恋者才知道愁楚的滋味

盖塔里·本·福加艾（قَطَرِيّ بن الفُجاءة）……88

找我决斗的人……

忒利马哈（الطِرِمّاح）……………………………91
 宁愿葬身雄鹰腹中

伊本·盖斯·鲁盖雅特（ابن قَيْس الرُقيّات）……………94
 鲁盖娅，求你不要离弃我！

艾赫泰勒（الأخْطَل）………………………………97
 我不会在斋月乖乖地把斋

法拉兹达格（الفَرَزْدَق）………………………100
 若用库莱卜人的卑鄙射向星空

哲利尔（الجَرير）…………………………………103
 嘲台额里卜部落

哲米勒（جَميل بُثَينة）……………………………106
 如果有一天……

盖斯·本·穆劳瓦哈（قَيْس بن المُلَوَّح）……………109
 你使我受尽折磨

盖斯·本·宰利哈（قَيْس بن ذَريح）………………112
 我要向真主诉说

陶白·本·侯迈伊尔（تَوْبة بن الحُمَيْر）……………115
 你们也许能禁止我会见莱伊拉

莱伊拉·艾赫叶丽娅（لَيْلى الأخْيَلِيَّة）……………118
 悼陶白

欧麦尔·本·艾比·赖比阿(عُمَر بن أبي رَبِيعة)……………………121

从家乡，我给你写信

艾哈瓦斯（الأَحْوَص）……………………………………………124

光照四方

瓦达侯·也门（وَضّاح اليَمَن）……………………………………127

热恋的青年

阿尔吉（العَرْجِيّ）…………………………………………………130

她把面纱轻掀

瓦立德·本·叶齐德(الوَلِيد بن يَزِيد)……………………………133

借美酒尽情享受

祖·鲁麦(ذُو الرُمّة)…………………………………………………136

风从麦娅家乡吹来

努赛布（نُصَيْب بن رَباح）…………………………………………139

肤色黑并不会降低我的身份

## 阿拔斯朝初期（750—847）

白沙尔·本·布尔德(بَشّار بن بُرْد)…………………………………144

不必开口用眼睛

艾布·努瓦斯(أبو نُواس)………………………………………………147

酒囊与经书

艾布·阿塔希叶（أبو العَتاهِية）..................150
 贪得无厌的欲念何时才完?!

穆斯林·本·瓦立德（مُسْلِم بن الوَليد）..................153
 烈火上面总是冒有黑烟

艾布·泰马姆（أبو تَمّام）..................156
 真主若想宣扬不为人知的美德

艾布·杜拉迈（أبو دُلامة）..................159
 临阵"宣言"

瓦利伯·本·侯巴卜（وَالبة بن الحُباب）..................162
 英雄好汉

哈马德·阿志赖德（حَمّاد عَجْرَد）..................165
 世上有多少朋友……

萨利赫·阿卜杜·库杜斯（صالح عبد القُدُّوس）..................168
 格言

艾布·舍迈格迈格（أبو الشَمَقْمَق）..................171
 怨世

阿巴斯·本·艾哈奈夫（العَبّاس بن الأحْنَف）..................174
 眼泪与舌头

欧莱娅·宾特·麦赫迪（عُلَيَّة بنت المَهْدِيّ）..................177
 痴情

迈哈穆德·瓦拉格（محمود الورّاق）……180
劝世
迪阿比勒（دِعبِل الخُزاعيّ）……183
讽哈里发穆阿台绥姆

## 阿拔斯朝中期（847—945）

阿里·本·杰赫姆(عليّ بن الجَهْم) ……188
今夜我们久别重聚
布赫图里（البُحْتُرِيّ）……191
嘲大鼻子
伊本·鲁米（ابن الرُومِيّ）……194
嘲小气
伊本·穆阿台兹（ابن المُعْتَزّ）……197
荷花
赛瑙伯雷（الصَنَوْبَرِيّ）……200
咏雪
法杜露·莎伊莱（فَضْل الشاعِرة）……203
你缺德！
赛伊德·本·侯迈德（سعيد بن حُمَيْد）……206
让我们重续前缘再追欢！

艾布·阿伊纳(أبو العَيْناء)……………………………209

口中似含剑般的犀利

哈拉智(الحَلَّاج) ……………………………………212

我是我爱者……

杰哈翟(جَحْظة البَرْمَكِيّ)……………………………215

赞美真主，我从没有……

胡布祖乌尔吉(الخُبْزأُرْزِيّ) …………………………218

如果一个人常常喜欢胡说

## 阿拔斯朝后期(945—1258)

穆太奈比(المُتَنَبِّيّ) ………………………………………222

你若不惜生命去追求荣耀

生与死

艾布·菲拉斯·哈姆达尼(أبو الفِراس الحَمْدانِيّ) ……………227

事物

谢里夫·赖迪(الشريف الرَضِيّ) ………………………………230

雄心壮志

麦阿里(أبو العَلاء المَعَرِّيّ) ……………………………233

咏烛

即使恩准我进入天堂

伊本·法里德（ابن الفارِض）……238
再提提我之所爱
白哈·祖海尔（البَهاء زُهَيْر）……241
心在抱怨您的离走
库沙基姆（الكُشاجِم）……244
真想成为他手下的纸
赛利伊·赖法（السَرِيّ الرَفّاء）……247
过去是依靠着针线
艾哈奈夫·欧克白里（الأَحْنَف العُكْبَرِيّ）……250
我没有伴也没有家
艾布·杜赖夫·海兹赖基（أبو دُلَف الخَزْرَجِيّ）……253
整个世界都属于我们
米赫亚尔·德莱米（مِهْيار الدَيْلَمِيّ）……256
傲世

## 安达卢西亚时期（711—1493）

艾扎勒（الغَزّال）……260
富人怎么就比穷人好？
伊本·宰敦（ابن زَيْدُون）……263
喂，安睡的人！

穆阿台米德·本·阿巴德（المُعْتَمِد بن عبّاد）……266

万语千言涌笔端

伊本·海法捷（ابن خَلافاجة）……269

安达卢西亚

伊本·宰嘎格（ابن الزَقّاق البَلَنْسِيّ）……272

罂粟花

伊本·阿拉比（ابن عَرابِيّ）……275

爱就是我的宗教

艾布·白噶·伦迪（أبو البَقاء الرُنْدِيّ）……278

世上诸事圆满之后是缺憾

婉拉黛（وَلاّدة بِنْت المُسْتَكْفِي）……281

我行我素

哈芙莎（حَفْصة الرُكُونِيّة）……284

是我看望你，还是你来把我探询？

## 近古时期（1258—1798）

沙布·翟里夫（الشابّ الشريف）……288

为何要揉碎我的心？

蒲绥里（شَرَف الدِين البُصِيرِيّ）……291

愿那些当官的断子绝孙！

伊本・瓦尔迪(ابن الوَرْدِيّ) ································294
　　怨世
赛斐尤丁・希里(صَفِيُّ الدين الحِلِّيّ) ···············297
　　欲知我们的功绩……
伊本・努巴台(ابن النُباتة المِصْرِيّ) ·····················300
　　怨世
杰扎尔(أبو حُسَيْن الجَزَّار) ·····························303
　　不要嫌屠户卑贱……
西拉志丁・瓦拉格(سِراج الدِين الوَرَّاق) ··········306
　　割掉我的舌头好了!
伊本・达尼亚勒(ابن الدانيال) ·······················309
　　我成了世上最穷的人
伊本・苏顿(ابن سُدُون) ································312
　　"怪事"
侯赛因・杰宰里(حُسَيْن الجَزَرِي) ····················315
　　唯有香木才在火中焚烧

# 贾希利叶时期

## （475—622）

# 乌姆鲁勒·盖斯(500—540)

(أُمْرُء القَيْس)

生于纳季德地区，铿德族人，祖籍也门。出身于王族贵胄，其父曾统管两个部落。诗人一度放荡不羁，沉湎于声色犬马。其父因部落谋反被杀后，诗人遂矢志报仇复国，但死于求援途中。前期作品写于其父被害前，内容多为恋情艳遇，颇具浪漫主义色彩；后期作品则主要抒发矢志复仇的心愿，格调悲壮而深沉。他被认为是阿拉伯古代诗坛魁首，情诗的鼻祖。其代表作《悬诗》在阿拉伯世界妇孺皆知。

## النسيب من معلقته

قفا نبكِ من ذِكْرَ حبيبٍ ومنزِلِ
بِسِقْطِ اللِوَى بين الدَخُولِ فَحَوْملِ

فَتُوضِحَ فالمِقْراةِ لم يَعْفُ رَسْمُها
لما نسجتْها من جَنُوبٍ وشَمْـــألِ

تَـرَى بَعَرَ الأَرْءام في عَرَصاتِها
وقِيعانِها كأنّه حبُّ فُلْفُـــــــلِ

كأنّي غداةَ البَيْـنِ يومَ تحَمَّلـوا
لَدَى سَمُراتِ الحيّ ناقِفُ حَنْظَلِ

وقوفًا بها صَحْبِي عليَّ مَطِيَّهم
يقولون: لا تهْلِكْ أسًى وتجمّــلِ

وإنَّ شِفائي عَبْرَةٌ مُهْراقـــــةٌ
فهل عندَ رَسْمٍ دارِسٍ مِنْ مُعَـوَّلِ

(من معلّقته)

## 此地曾追欢

朋友们，请站住，陪我哭，同记念，
　　忆情人，吊旧居，沙丘中，废墟前。

南风、北风吹来吹去如穿梭，
　　落沙却未能将她故居遗迹掩。

此地曾追欢，不堪回首忆当年，
　　如今遍地羚羊粪，粒粒好似胡椒丸。

仿佛又回到了她们临行那一天，
　　胶树下，我像啃苦瓜，其苦不堪言。

朋友勒马对我忙慰劝：
　　"打起精神，振作起！切莫太伤感！"

我明知人去地空徒伤悲，
　　但聊治心病，唯有这泪珠一串串。

　　　　　　　　　　　　（其《悬诗》之起兴）

又译：

　　　　朋友勒马且住脚，
　　　　　　情人故居共凭吊。

　　　　几经风沙遗迹在，
　　　　　　触景伤情泪如潮。

　　　　当年嬉戏庭院中，
　　　　　　如今羚羊遗矢似胡椒。

　　　　忆昔情人分别时，
　　　　　　含悲如把苦瓜嚼。

　　　　旅伴上前勤安慰：
　　　　　　"劝君节哀勿烦恼！"

　　　　千般钟情化为泪，
　　　　　　人去地空亦徒劳。

## الهموم في الليل

وليلٍ كموج البحر أرخى سدولَـــــه
عليَّ بأنواع الهموم ليبتلــــــــــي

فقلت له لمّا تمطّى بصُلبِــــــــهِ
وأردف أعجازًا وناءَ بكَلْكَــــــــلِ

ألا أيّها الليل الطويل أ لا انْجَلي
بصُبحٍ وما الإصباح منك بأمثــــــل

فيا لك من ليل كأنّ نجـــــومـه
بكلّ مُغار الفتل شُدَّتْ بيَذْبُـــــلِ

(من معلّقته)

## 夜愁

夜幕垂下，好似大海掀起波澜，
　　愁绪万千，齐涌心头将我熬煎。

黑夜像一匹骆驼，又沉又懒，
　　它长卧不起，使我不尽仰天长叹：

漫漫黑夜啊！你何时亮天？
　　尽管白昼的愁绪还是有增无减。

星星为什么像用巨绳拴在山崖上，
　　眼睁睁地不肯移动一星半点？

　　　　　　　　　　　（选自其《悬诗》）

又译：

> 长夜漫漫似海涛，
> 　　思绪万千受煎熬。
>
> 夜似卧驼懒起身，
> 　　心似火焚盼天晓。
>
> 盼得天晓又奈何，
> 　　日夜惆怅愁难消。
>
> 可恼夜长星不移，
> 　　如被绳拴在山坳。

# 祖海尔（约520—609）

(زُهَيْر بن أبي سُلْمَى)

《悬诗》诗人之一。生于纳季德地区麦地那附近，成长于其母系亲属所在的艾图凡部落。当时在该部落的阿布斯与祖卜延两族之间发生了著名的"赛马之争"，后由两名贤士海里姆与哈里斯自愿捐出3000匹骆驼，以结束这场长期流血战争。诗人深受感动，吟有大量的诗来歌颂两位贤者的善举。其中最著名的就是其《悬诗》。其诗语言凝练、严谨，往往嵌有很多格言、警句，脍炙人口。

## وَمَا الحَرْبُ إلاَّ مَا عَلِمْتُمْ وَذُقْتُمُ

وَمَا الحَرْبُ إِلاَّ مَا عَلِمْتُمْ وَذُقْتُمُ
وَمَا هُوَ عَنْهَا بِالحَدِيثِ المُرَجَّمِ

مَتَى تَبْعَثُوهَا تَبْعَثُوهَا ذَمِيْمَةً
وَتَضْرَ إِذَا ضَرَّيْتُمُوهَا فَتَضْرَمِ

فَتَعْرُكُكُمْ عَرْكَ الرَّحَى بِثِفَالِهَا
وَتَلْقَحْ كِشَافاً ثُمَّ تُنْتِجْ فَتُتْئِمِ

فَتُنْتِجْ لَكُمْ غِلْمَانَ أَشْأَمَ كُلُّهُمْ
كَأَحْمَرِ عَادٍ ثُمَّ تُرْضِعْ فَتَفْطِمِ

فَتُغْلِلْ لَكُمْ مَا لاَ تُغِلُّ لأَهْلِهَا
قُرَىً بِالْعِرَاقِ مِنْ قَفِيْزٍ وَدِرْهَمِ

(من معلّقته)

## 战争的苦果你们尝过，你们熟悉

战争的苦果你们尝过，你们熟悉，
　　谈起来绝非主观臆测，胡言乱语。

——一旦你们挑起战端，就是严重的作孽，
　　那是挑逗起凶恶的狮子，把战火燃起。

战磨转动，将把你们碾成齑粉，
　　兵连祸结，如多产的母驼连生灾难的子息。

战争中生下的孩子也将终生不幸，
　　他们将把父兄种下的恶果承继。

伊拉克的乡镇会让人们获得金钱银币，
　　战争带来的只有祸患，使你们一贫如洗。

（选自其《悬诗》）

# 塔拉法（543—569）
(طَرْفة بن العَبْد)

《悬诗》诗人之一。生于巴林贝克尔部落一个富贵之家。幼年丧父，因不满叔伯虐待而作诗讽刺他们。他放荡不羁，常沉湎于酒色，挥霍无度，因而为族人所不容。曾两度离乡漂泊，最后投靠到希拉王国国王门下，成为其清客。但他恃才傲物、桀骜不驯，曾作诗讽刺国王及其兄弟，遂使国王怀恨，假他人之手将其害死于巴林。有诗集传世，首次印行于1870年。代表作是其《悬诗》。

## أرى...

أَرَى قَبْرَ نَحَّامٍ بَخِيْلٍ بِمَالِــــــهِ
كَقَبْرِ غَوِيٍّ فِي البَطَالَةِ مُفْسِــــدِ

تَـرَى جُثْوَتَيْنِ مِن تُرَابٍ عَلَيْهِمَــــا
صَفَائِحُ صُمٌّ مِنْ صَفِيْحٍ مُنَضَّــــدِ

أَرَى المَوْتَ يَعْتَامُ الكِرَامَ ويَصْطَفِي
عَقِيْلَةَ مَالِ الفَاحِشِ المُتَشَــــدِّدِ

أَرَى العَيْشَ كَنْزاً نَاقِصاً كُلَّ لَيْلَــةٍ
وَمَا تَنْقُصِ الأَيَّامُ وَالدَّهْرُ يَنْفَــــدِ

لَعَمْرُكَ إِنَّ المَوتَ مَا أَخْطَأَ الفَتَــى
لَكَالطَّوَلِ المُرْخَى وثِنْيَاهُ بِاليَــــدِ

(من معلّقته)

## 我看……

我看坟墓全都一样——
　　不管是守财奴的贪吝,还是败家子的挥霍。

到头来都同样是黄土盖身
　　——几块石板与阳世相隔。

我看无论是慷慨的君子还是吝啬的小人,
　　最终总逃不过死神对他们的选择。

我看生活就像日渐减少的宝藏,
　　剩下的岁月也必将最终失落。

以你的宗教发誓:人生如缰绳操在死神手中,
　　是延长还是缩短,还不是全凭它掌握、定夺。

(选自其《悬诗》)

# 安塔拉(525—615)

(عَنْتَرة بن شَدَّاد)

《悬诗》诗人,著名骑士。生于纳季德地区,阿布斯部族人。其父为贵族,母亲则是原籍埃塞俄比亚的奴婢。他热恋堂妹阿卜莱,并吟诗表露自己的一片痴情。他被认为是阿拉伯古代文武双全完美的英雄骑士。附会于他的民间故事《安塔拉传奇》在阿拉伯世界广为流传。他有诗集传世,多为抒发豪情壮志的矜夸诗,也有大量向阿卜莱表示爱恋的情诗,最著名的是其《悬诗》。

# هلاّ سألتِ ...

هَلاَّ سأَلْتِ الخَيلَ يا ابنةَ مالِكٍ
إنْ كُنْتِ جاهِلَةً بِمَا لَم تَعْلَمِـــي

إذْ لا أزَالُ عَلَى رِحَالةِ سَابِـحٍ
نَهْدٍ تعاوَرُهُ الكُماةُ مُكَلَّـــــمِ

طَوْراً يُجَرَّدُ للطِّعانِ وتَـــارَةً
يَأْوِي إلى حَصِدِ القِسِيِّ عَرَمْـــرِمِ

يُخْبِرْكِ مَنْ شَهِدَ الوَقيعَةَ أنَّنِـي
أَغْشى الوَغَى وأَعِفُّ عِنْدَ المَغْنَمِ

ولقد ذكرتُكِ والرِماح نواهـــلٌ
مِنِّي، وبيضُ الهند تقطرُ من دمي

فوددتُ تقبيل السيوف لأنّهـــا
لمعت كبارقِ ثغركِ المتبسِّـــــمِ

(من معلّقته)

## 你何不去问问……

若对我不够了解,马立克的千金!
 　　你何不去问问战马和乡亲。

敌人成群结队,轮番来战,
 　　他们时而挺枪,时而放箭。

我久经沙场的战马遍体鳞伤,
 　　我却仍旧人不离鞍,骑在马上。

战斗中,我最勇敢,奋不顾身,
 　　胜利时,又最不屑猎取战利品。

敌人的刀枪印着我的血迹斑斑,
 　　我却仍旧将你深深思念,

我真想吻吻那些宝剑,
 　　它们多像你张开笑口,珠齿闪闪。

(选自其《悬诗》)

# 阿慕鲁·本·库勒苏姆(？—584)

(عَمْرُو بن كُلْثُوم)

《悬诗》诗人。生于幼发拉底河畔台额利卜部落的贵族世家。15岁就成为本族领袖。曾代表本部落舌战贝克尔部落的代表诗人哈雷斯·本·希里宰，争讼于希拉国王伊本·杏德前。后伊本·杏德因唆使其母后企图当众羞辱诗人的母亲，而被诗人手刃。其遗诗传世不多，以其《悬诗》闻名于世。

## في وجه عمرو بن هند

بِأَيِّ مَشِيْئَةٍ عَمْرُو بْنَ هِنْدٍ
نَكُوْنُ لِقَيْلِكُمْ فِيْهَا قَطِيْنَـــا

بِأَيِّ مَشِيْئَةٍ عَمْرَو بْنَ هِنْدٍ
تُطِيْعُ بِنَا الوُشَـاةَ وَتَزْدَرِيْنَـــا

تَهَـدَّدُنَا وَتُوْعِـدُنَا رُوَيْـــداً
مَتى كُنَّا لأُمِّكَ مَقْتَوِيْنَـــا

فَإِنَّ قَنَاتَنَا يَا عَمْرُو أَعْيَـــتْ
عَلى الأَعْدَاءِ قَبلَكَ أَنْ تَلِيْنَا

إِذَا عَضَّ الثِّقَافُ بِهَا اشْمَأَزَّتْ
وَوَلَّتْهُ عَشَـوْزَنَةً زَبُوْنَـــا

عَشَـوْزَنَةً إِذَا انْقَلَبَتْ أَرَنَّــتْ
تَشُجُّ قَفَا المُثَقِّفِ وَالجَبِيْنَـا

(من معلّقته)

## 面斥阿穆尔·本·杏德

阿穆尔·本·杏德！你凭什么
　　要我们成为你的奴仆，受你奴役？

阿穆尔·本·杏德！你凭什么
　　听信谗言，而对我们瞧不起？

你又威胁，又恫吓，少来这一套吧！
　　我们什么时候竟成了你母亲的奴婢？

阿穆尔！我告诉你！
　　从没有敌人能让我们的脊梁弯曲！

我们的铮铮傲骨是硬的，
　　想让它弯曲没那么容易！

谁自不量力，想让它弯曲，
　　自己倒会头破血流，一败涂地。

　　　　　　　　（选自其《悬诗》）

# 哈雷斯·本·希里宰(？—570)

(الحارِث بن حِلِّزة)

《悬诗》诗人。生于伊拉克，为贝克尔部落显贵、贤哲。贝克尔与台额利卜两部落因有"白苏斯之争"而失和。诗人曾代表本部落与台额利卜部落诗人阿慕鲁·本·库勒苏姆争讼于希拉国王伊本·杏德面前。他面对强手，隔着重重帘幕（因其患麻风病），慷慨陈词，致使希拉国王改变初衷，作出对贝克尔部落有利的判决。这就是诗人有名的《悬诗》。据说他活到一百岁，但其诗作传世不多。

## فبقينا على الشناءة

أَيُّها الناطِقُ المُرَقِّشُ عَنَّــــا

عِندَ عَمرٍو وَهَل لِذاكَ بَقــاءُ

لا تَخَلنَا عَلَى غِرَاتِكَ إِنّــــا

قَبلُ مَا قَد وَشَى بِنَا الأَعْدَاءُ

فَبَقِينا عَلَى الشَنــــــاءَةِ

تَنمِينا حُصُونٌ وَعِزَّةٌ قعسَــاءُ

قَبلَ مَا اليَومِ بَيَّضَت بِعُيــونِ

النَّاسِ فِيهَا تَغَيُّظٌ وَإِبَــــاءُ

فَكَأَنَّ المَنونَ تَردِي بِنَا أَرعَنَ

جَوناً يَنجَابُ عَنهُ العَمــاءُ

مُكفَهِراً عَلَى الحَوَادِثِ لا تَرتوهُ

للدَهرِ مُؤَيِّدٌ صَمَّـــــاءُ

(من معلّقته)

## 我们就是在仇视、诬告中成长壮大

诬告我们的人,请想想,
　　阿穆尔国王焉能上你们的当?

别以为我们会乖乖地让你们得逞,
　　我们并非今日才受到敌人的中伤。

我们就是在仇视、诬告中成长壮大,
　　使我们众志成城,提高我们的威望。

我们的威风曾让敌人恼羞成怒,
　　嫉妒得竟视而不见我们的富强。

灾难袭向我们如同袭向高山,
　　乌云环绕高山岂能把高山伤?

我们就似那岿然屹立的高山,
　　在灾难面前显得无比坚强。

(选自其《悬诗》)

# 莱比德(560—661)
(لَبِيد بن رُبَيْعة)

《悬诗》诗人之一,生于阿米尔部落一个显贵骑士之家。他是一位跨代诗人,即生平跨越两个时期——贾希利叶时期与伊斯兰时期。他皈依伊斯兰教,是一位虔诚的穆斯林,被认为是圣门弟子。他有诗集传世,1880年首次印行于维也纳。他善于描状沙漠风光和动物,悼亡诗与矜夸诗也写得很好。诗中常充满格言、警句,具有浓厚的宗教劝世色彩。其风格质朴、粗犷,缺乏风雅,又惯用生词僻典,故而读起来不够流畅。

## الفخر

من معشر سنت لهم آباؤهـــم
ولكل قوم سنة وإمامهــــا

لا يطبعون ولا يبور فعالهـــم
إذ لا يميل مع الهوى أحلامهـــا

فاقنع بما قسم المليك فإنمــــا
قسم الخلائق بيننا علامهـــــا

وإذا الأمانة قسمت في معشــر
أوفى بأوفر حظنا قسامـــــها

فبنى لنا بيتا رفيعا ســـــه
فسما إليه كهلها وغلامــــها

وهم السعاة إذا العشيرة أفظعت
وهم فوارسها وهم حكامهــــا

وهم ربيع للمجاور فيهم
والمرملات إذا تطاول عامهـــا

وهم العشيرة أن يبطئ حاسـد
أو أن يميل مع العدو لئامــــها

(من معلّقته)

## 矜夸

这是一个具有遗风祖传的部族,
  每个群体总有它的规矩和典范。

我们的体面不会受玷污,行径不会偏,
  因为我们头脑清醒,不会胡来蛮干。

敌人,你们就信服老天的裁决吧!
  谁该高贵、谁该低贱,他最了然。

如果忠诚、信义在人间分配,
  那么我们得到的份额最完满。

老天为我们缔造了崇高荣誉的门庭,
  我们的中青年人都向上登攀。

一旦部族遇险,他们都挺身而出,
  一个个都是文武双全,能言善战。

一旦遇有荒年,孤寡穷人投靠上门,
  他们慷慨好客,待来者犹如春天。

他们相互支持,团结得亲如一家,
  不让小人得势,不让嫉妒者如愿。

       (选自其《悬诗》)

# 纳比埃·祖卜雅尼(535—604)

## (النابِغة الذُبْيانِيّ)

出身祖卜延部落名门贵族。曾为希拉王国的宫廷诗人。后为救族人，离开希拉王国投奔迦萨尼国王，并对他歌功颂德。当时两王国相互敌对，诗人因而得罪希拉国王努尔曼·本·蒙齐尔。但诗人旧情难忘，遂设法写诗给希拉国王，为己辩解，向其致歉，以求谅解，终于重返希拉王国。以颂诗和辩解、道歉诗著称。据说在“欧卡兹集市”曾为他专设帐篷，求其为仲裁，评判诗人们的作品优劣。他被认为是十首《悬诗》诗人之一。

## فـي الاعتذار

أتاني ــ أبيتَ اللعنَ ــ أنك لُمْتَني
وتلك التي أَهتمُّ منها، وأنْصَــــبُ

فبتُّ كأَن العائدات فرشْنَ لـــي
هَراساً، به يُعْلى فِراشي، ويُقْشَب

حَلَفتُ فلم أترُكْ لنفسكَ رِيبـــةً
وليس وراء الله للمرءِ مذهَـــب

لَئن كُنتَ قد بُلِّغْتَ عني وشايـةً
لَمُبْلِغُكَ الواشي أَغَشُّ وأَكــذَب

ولكنني كنت امرأً لي جانـــب
من الأرض فيه مُسْتراد ومـذهب

ملوك وإخوان إذا ما أَتَيْتُهُــــم
أُحَكَّم في أموالهم، وأُقَــــرَّبُ

كفعلك في قوم أراكَ اصطنعــتم
فلم ترَهم في شكر ذلك أَذْنَبـــوا

## 辩解

知君责备我,
　　惶惶心不安。

辗转反侧不得寐,
　　夜夜如卧在针毡。

愿对君盟誓,
　　诚心可告天:

小人君前诽谤我,
　　劝君切莫信谗言。

投奔他国为谋生,
　　并非离君而反叛。

他国君王待我好,
　　听我赞歌赐我钱。

知恩称谢并非罪,
　　人皆如此君亦然。

فلا تترکَنّي بالوعيد، كأنّني

إلى الناس مَطْليٌّ به القارُ أجْرَب

أ لم ترَ أن الله أَعطاك سَوْرةً

ترى كلَّ مَلك دونها بتــــذبذب

فإنّك شمسٌ، والملوك كواكبٌ

إذا طلعَت لم يبْدُ مِنْهنَّ كــوكب

ولستَ بمُسْتَبْقٍ أخاً لا تَلمُّه

على شَعَثٍ أيُ الرجال المهذَّبُ؟

请君原谅且息怒,
　　勿将我当癞驼看。

神明佑君位显赫,
　　众王惶恐立君前。

彼等如星君如日,
　　红日升时星不见。

求全责备难得友,
　　谁能完美无缺点?

# 大艾阿沙(530—629)
(الأَعْشَى الأَكْبَر)

　　生于曼夫哈，属贝克尔部落。他生活放荡不羁，整日沉湎于声色犬马中。挥霍无度的生活使他到处游吟，为王公贵族歌功颂德，以求赏赐。他能诗善唱，有"阿拉伯响板"之称。他特别擅长写颂诗与讽刺诗，亦写有大量咏酒诗。其诗一反前人质朴、粗犷的风格，而变得华丽、夸张，这可能与他受希拉王国、波斯文化影响有关。其诗集于 1928 年首次在莱顿出版。亦有人将他列为十首《悬诗》诗人之一。

## وقد غدوتُ الى الحانوت ...

وَقَدْ غَدَوْتُ إلى الحَانُوتِ يَتْبَعُنــي
شَاوٍ مِشَلٌّ شَلُولٌ شُلشُلٌ شَــوِلُ

في فِتيَة كَسُيُوفِ الهِندِ قد عَلِمُوا
أنْ لَيسَ يَدفعُ عن ذي الحيلة الحِيَـلُ

نازعتهمْ قضبَ الرّيحانِ متكئـــاً
وقهوة مزّة راووقها خضــــــــلُ

لا يستفيقونَ منها، وهيَ راهنـــة
إلاّ بِهَاتِ! وَإنْ عَلّوا وَإنْ نَهِلُـــوا

يسعى بها ذو زجاجاتٍ لهُ نطفٌ
مُقَلِّصٌ أسفَلَ السّرْبالِ مُعتَمِـــلُ

ومستجيبٍ تخالُ الصَّنجَ يسمعهُ
إذا ترجِّعُ فيهِ القينة الفضـــــلُ

والسّاحباتُ ذيولَ الخزّ آونـــة
والرّافلاتُ على أعجازها العجـــلُ

منْ كلّ ذلكَ يومٌ قدْ لهوتُ بــه
وَفي التّجارِبِ طُولُ اللّهوِ وَالغَـــزَل

## 清晨我常去酒馆

清晨我常去酒馆,
　　　随从烤肉勤又灵,

酒友似剑皆英俊,
　　　无所不能样样精。

我们争扯香草枝,
　　　开怀畅饮杯不停。

一杯一杯又一杯,
　　　只愿买醉不愿醒。

身着短衫戴耳坠,
　　　酒保勤快紧侍奉。

琵琶伴奏响板起,
　　　袅袅欲绝歌女声。

伴唱群女衣锦绣,
　　　丰臀撩人自生情。

天天如此欢乐场,
　　　声色伴我度人生。

# 阿比德·本·艾卜赖斯(？—544)
(عَبِيد بن الأَبْرَص)

生于纳季德地区，阿萨德部落人。当著名诗人乌姆鲁勒·盖斯的父亲胡杰尔统管阿萨德部落时，阿比德曾是其清客，后参与阿萨德部落谋反杀死胡杰尔的行动，并吟诗舌战乌姆鲁勒·盖斯，为本族人辩护。他观察力强，感情细腻。其诗集1913年在莱顿首次印行。他亦被认为是十首《悬诗》诗人之一。

## الحكمة

كُلُّ ذي نِعمَةٍ مَخلوسٌ
وَكُلُّ ذي أَمَلٍ مَكــــذوبُ

وَكُلُّ ذي إِبلٍ مَـوروثٌ
وَكُلُّ ذي سَلَبٍ مَسلـوبُ

وَكُلُّ ذي غَيبَةٍ يَؤوبُ
وَغائِبُ المَوتِ لا يَـؤوبُ

أَعاقِرٌ مِثلُ ذاتِ رِحمٍ
أَم غَانِمٌ مِثلُ مَن يَخيـــبُ

مَن يَسأَلِ النَّاسَ يَحرِموهُ
وَسائِلُ اللهِ لا يَخيـــبُ

بِاللهِ يُدرَكُ كُلُّ خَيرٍ
والقَولُ فِي بَعضِهِ تَلغِيـــبُ

وَاللهُ لَيسَ لَهُ شَريكٌ
عَلاَّمُ مَا أَخفَتِ القُلُـــوبُ

## 哲理

富贵到头来终究会消亡,
　　有希望无非是一种被骗。

纵然骆驼成群亦会被人继承去,
　　劫掠来的东西有被劫掠去的一天。

不在的人会有归来时,
　　唯有逝世者不会回还。

是不育的女人同别人一样,
　　还是成功者同失败者一般:

向人们乞求会遭拒绝,
　　向安拉祈求却能如愿。

靠安拉善举皆为人知,
　　而有些话是自找麻烦。

世上安拉是独一无二的,
　　没有秘密能够对他隐瞒。

أَفلِحْ بِمَا شِئتَ قَد يُبلَـــغُ

بالضَّعفِ وَقَد يُخدَعُ الأَرِيــبُ

لاَ يَعِظُ النَّاسُ مَن لاَ يَعِظُه

الدَّهرُ وَلا يَنـفَعُ التَلبيـــبُ

سَاعِد بِأَرضٍ تكُونُ فِيــهَا

وَلا تَقُل إِنَّنِي غَريـــــبُ

وَالمَرءُ مَا عَاشَ فِي تَكذِيبٍ

طولُ الحَياةِ لَـهُ تَعذيـــبُ

弱者努力也许会如愿以偿，
　　精明的人倒可能上当受骗。

人的教训不如岁月的教训，
　　精明不能靠千言万语规劝。

身在何处都要尽一份力量，
　　莫说我来自他乡与我无关。

人生在世就是如梦如幻，
　　整个人生就是受苦受难。

# 塔阿巴塔·舍拉(？—530)

(تَأَبَّطَ شَرًّا)

著名的侠寇诗人。生活于希贾兹塔伊夫地区。原名沙比特·本·贾比尔。"塔阿巴塔·舍拉"为其绰号,原意为"腋下挟祸"。他幼年丧父,母亲为埃塞俄比亚女奴,继父是著名的侠寇。他曾与侠寇诗人尚法拉等人结伙从事劫富济贫的冒险生涯。其诗散见于一些古书典籍中。诗中多以自豪的口吻描述他与同伴们惊心动魄的冒险生活,反映了诗人不畏艰险、百折不挠的顽强精神。

## التصعلك

وإني لَمُهْدٍ من ثنائي، فقاصِـــــــدٌ

به لابن عمّ الصِدْقِ شُمْسِ بـــن مالكِ

أهُزُّ به في نَدْوةِ الحَيّ عِطْفَـــــــه

كما هَزَّ عِطفي بالهِجــــانِ الأوارِكِ

قليلُ التشَكّي للمُهِمّ يُصيبــــــــه

كثيرُ الهوَى شتَّى النَوَى والــــمسالكِ

يظلُّ بمَوْماةٍ، ويُمْسي بغيــــــرها

جحيشًا، ويَعْرَوْرِي ظهورَ الـــــمَهالِكِ

ويسْبِقُ وفْدَ الريح من حيثُ ينتحِي

بمُنْخَرِقٍ من شِدِّه الـــمتــــدارِك

ويجعلُ عينيْهِ ربيئةَ قلبـــــــــه

إلى سَلَّةٍ من حَدِّ أخلقَ صائـــــكِ

إذا هزَّهُ في عظْمِ قِرْنٍ تهلَّلَـــــتْ

نواجِذُ أفرادِ المنايا الضواحـــــكِ

يرَى الوحشةَ الأُنْسَ الأنيسَ ويهتدي

بحيث اهتدتْ أُمُّ النُجُومِ الشوابـــكِ

## 侠寇行

堂兄赠驼,令我欢颜,
　　回以颂歌,将其称赞:

生活多艰,他不抱怨,
　　高瞻远瞩,勇往直前。

餐风宿露,一身孑然,
　　辗转荒漠,不畏艰险。

快步如飞,似风一般,
　　时刻警惕,枕戈待旦。

遇有危险,挥起利剑,
　　战胜强敌,尸陈面前;

死神欢笑,将他称赞。
　　漠漠荒沙,谙熟了然,

　　独来独往,岂怕孤单?!

# 尚法拉(？—525)

## (الشَّنْفَرَى)

著名的侠寇诗人。祖籍也门。其母为埃塞俄比亚女奴。诗人少年时，因不满族人的歧视与迫害，远走他乡。除诗外，还以奔跑迅速著称。据说他最后中计被俘，受酷刑至死。他有诗集传世，其中最著名的一首是长诗《阿拉伯人的勒韵》。该诗表现出诗人清高自负、宁折不弯的性格，也反映了侠寇们不畏艰险、困苦，勇于斗争的冒险生涯。

# الفخر

وكلٌّ أبيٌّ باسلٌ، غيرَ أنّــــني
إذا عَرَضت أُولى الطرائد أَبْسَــــلُ

وإن مُدّتِ الأيدي إلى الزاد لم أكُنْ
بأعْجَلِهم، إذ أجْشَعُ القوم أعْجَــــلُ

وما ذاك إلاّ بسطةٌ عن تفضُّــــلٍ
عليهم، وكان الأفضلَ المتفضِّــــلُ

وإني كفاني فَقْدُ مَن ليس جازيــاً
بحُسْني، ولا في قُرْبه متعَلّــــلُ

ثلاثة أصحابٍ: فؤادٌ مشـــيَّعٌ،
وأبيض إصْليتٌ، وصفراء عَيْطَــلُ

أُديمُ مِطالَ الجوع حتَّى أُميتَـــه
وأضْرِبُ عنه الذِكْرَ صَفْحًا فـأَذْهَـلُ

وأَسْتَفُّ تُرْبَ الأرض كَيلا يرَى لَه
عليَّ مِن الطَوْل امرؤٌ متـــطوِّلِ

ولولا اجتناب الذام لم يُبْقَ مَشْرَبٌ
يُعاشُ به إلاّ لديَّ ومَأْكَـــلُ

لكنَّ نفساً حُرّةً لا تُقيم بـــي
على الضَيْم إلاّ رَيْثَما أتـــحوَّلُ

## 矜夸

高尚的人个个是勇敢的英雄,
　　但冲锋、狩猎我却最为英勇。

聚餐时,我从不急于伸手,
　　贪婪的人才抢先,急急匆匆。

这完全出自我对他们的照顾,
　　先人后己是最好的品性。

失去无情无义的人我不可惜,
　　他们不配善待,亲近也没有用。

三者伴我足矣——
　　雄心、利剑、弯弓……

我宁肯忍饥挨饿,
　　也不愿忍气吞声。

我宁肯用泥土充饥,
　　也不愿靠别人施舍活命。

在这里固然可以吃喝玩乐,
　　——如果我愿意忍辱偷生。

但一颗自由、高尚的心灵
　　岂肯低三下四而不另奔前程!

# 欧尔沃·本·沃尔德(？—596)

(عُرْوة بن الوَرْد)

著名侠寇诗人。阿布斯部落人，生活于麦地那一带。其父为部族骑士与显贵。诗人行侠仗义，扶危济困，在族人与同伴中享有极高的声誉。他能将陷于窘境的贫困侠寇团结起来，共同行动，故有"侠寇们的纽带"之称。据说他率人劫掠而不杀人流血，又从不以慷慨侠义者为劫掠对象，被认为是最高尚的侠寇。有诗集传世。其诗通俗易解，多反映出诗人刚正不阿、疾恶如仇的胸怀。

## أُقسِّمُ جِسمِي في جسوم كثيرةٍ

إنِّي امرؤٌ عافي إنائي شِـــــرْكةٌ
وأنت امرؤٌ عافي إنائِـــكَ واحِدُ

أ تَهْزَأُ منِّي أن سَمِنْتَ وأنْ ترى
بِوجهي شُحوبَ الحقِّ والحقُّ جاهِدُ

أُقسِّمُ جِسمِي في جسوم كثيرةٍ
وأحْسُو قَراحَ الماء والما ء بـــارِدُ

# 愿将我身分众人[1]

我有口粮大家分，
　　你有珍馐独自吞。

我瘦你肥岂可笑，
　　克己济贫是本分。

愿将我身分众人，
　　纵喝冷水亦甘心。

① 一个悭吝的富人见诗人面黄肌瘦而嘲笑他，诗人便吟此诗作答。

# 穆海勒希勒(？—531)

(المُهَلْهِل)

骑士诗人。生于纳季德，台额利卜部落人。原名叫阿迪·本·赖比阿。穆海勒希勒是其绰号，原意为"使纤细者"，因其诗首先突破游牧民族的粗犷风格而变得细腻、优雅而得名。他为人风流倜傥，亦称"冶游郎"。在台额利卜与贝克尔两部落间发生著名的"白苏斯之争"的时候，其兄库莱卜被杀，他矢志为兄复仇，奋战沙场，直至被俘而死。其诗感情强烈，多为悼念其兄而作。

## ولست بخالع درعي وسيفي

أهاجَ قَذاء عـــينيَ الاذِّكارُ
هُدُوءًا، فالدموعُ لها انهمارُ

وصارَ الليلُ مُشْتَملاً علينا
كأنَّ الليلَ ليس له نــــهارُ

وبِتُّ أراقِبُ الجَوْزاءَ، حتّى
تَقاربَ من أوائلها انــحدارُ

أُصرِّفُ مُقْلتي في إثْرِ قَــوْمٍ
تبايَنتِ البلادُ بهم فـغاروا

وأبْكي، والنجومُ مُطَلِّعـاتٌ
كأن لم تَحْوِها عنّي البـــحارُ

على مَن لونُعِيتُ، وكان حيًّا
لَقادَ الخَ ثيلَ يحجُبُها الغُبارُ

دَعَوتُكَ يا كُلَيْبُ، فلم تُجِبْني
وكيف يُجيبُني البلدُ القفارُ ؟

## 盔甲不解剑不离！

忆往昔，好似眼中吹进灰，
　　暮色中，不禁潸然暗垂泪。

长夜漫漫一片黑，
　　怅然若失难入睡。

辗转反侧望星空，
　　一宿到头未能寐。

满眼皆是众乡亲，
　　云散四处不复回。

群星俯首不忍离，
　　陪我同笑同伤悲。

逝者当年显神威，
　　尘烟滚滚率马队。

库莱卜！声声唤你你不应，
　　人去地空，仁兄如今在哪里？

أَجِبْني يا كُليبُ، خَــلاكَ ذَمٌّ،

لقد فُجِعَتْ بفارسها نِـــزارُ

خُذِ العهْدَ الأَكيدَ عليَّ عُمْــري

بتَرْكي كلَّ ما حَوَتِ الـــديارُ

وهَجْري الغانياتِ وشرْبَ كأسٍ

ولُبْسي جُبةً ولا تُسْتـــعارُ

ولستُ بخالعٍ دِرْعي وسيفــي

إلى أن يخلعَ الليلَ النهـــارُ

库莱卜！答应我，莫责备！
尼扎尔族失去骑士能不悲？

我愿对天盟誓约，
　　不恋红尘不后悔：

不重修饰着盛装，
　　不迷美色不贪杯；

定让江山换新天，
　　盔甲不解剑不离！

## 穆赛吉布·阿卜迪(？—587)

(المُثَقَّب العَبْدِيّ)

巴林地区人。他是部族的首领之一，在著名的"白苏斯之争"之后，曾参与对贝克尔与台额里卜两部落之间的调解。曾与希拉王国的国王伊本·杏德和努尔曼·本·蒙齐尔交往，并作诗赞颂过他们。他有诗集传世，多为颂诗、描状诗、哲理诗和情诗。

## قيم أخلاقية

لا تقولَنَّ إذا ما لم تُـــــــرِدْ

أن تُتِمَّ الوعدَ في شـــــيءٍ (نعمْ)

حسنٌ قولُ (نعمْ) مِن بعْدِ (لا)

وقبيحٌ قولُ (لا) بعدَ (نـــــعمْ)

إنَّ (لا) بعد (نعم) فاحشـــــةٌ

فبلا فابْدأْ إذا خِفتَ النـــــدمْ

فإذا قلتَ (نعم) فاصبرْ لـــــها

بنجاحِ القول إنّ الخُلْـــفَ ذَم

واعْلَمْ أنّ الذمَّ نَقْصٌ للـفـــتى

ومتى لا يَتَّقِ الذمَّ يُـــــذَم

أُكْرِمُ الجارَ وأرْعَى حَقَّــــــه

إنّ عِرْفانَ الفتى الـحـــقَّ كَرَم

لا تراني راتِعًا في مَجْلـــــس

في لحومِ الناس كالسَبْعِ الضَرِم

## 修身格言

遇事切莫乱点头，
　　没有把握别应承。

先说"不"字后说"行"，
　　胜于不行先答应。

如怕后悔先说"不"，
　　轻诺寡信是劣行。

一旦答应莫食言，
　　千方百计要完成。

人有缺点遭物议，
　　处处自爱人亦敬。

我待邻居敬如宾，
　　规规矩矩守本分。

不在背后进谗言，
　　不似禽兽暗伤人。

إنّ شرَّ الناس مَنْ يَكْشِرُ لـي

حينَ يلْقاني، وإنْ غِبْتُ شَتَمْ

وكلامٌ سيئٌ قد وَقَـــرتْ

أُذُني عنه، وما بي مِنْ صَمَمْ

فتعزَّيتُ خَشاةً أن يَــــرى

جاهلٌ أنّي كمـــا كان زَعَمْ

ولَبعضُ الصفْح والإعراض عنْ

ذي الخَنا أبْقى، وإنْ كان ظَلَمْ

当面笑脸背后骂，
　　此乃卑怯恶小人。

恶语如同耳旁风，
　　我自装聋似不闻。

人有涵养不动怒，
　　免得失态称人心。

他人不义我仁义，
　　宽宏大度是根本。

# 哈帖姆(? —605)

## (الحاتِم الطائِيّ)

骑士诗人。生于纳季德，塔伊部落人。其母是一个助人为乐的富孀，遂养成诗人豪爽、侠义、扶危济困的性格。他被认为是慷慨豪侠的典型，以至于阿拉伯有成语：“比哈帖姆还慷慨”（أكرم من الحاتم الطائى）。其诗也多为抒发其慷慨豪情之作。有关他的慷慨侠义故事不仅在阿拉伯世界，而且在波斯、土耳其、巴基斯坦等国也广为流传。

## إن المال غادٍ ورائح

أ ماويّ، إن المال غادٍ ورائـــحٌ

ويبقى من المال الأحاديث والذِكْــرُ

أ ماويّ، إني لا أقوِّل لسائـــل،

إذا جاء يومًا: حلَّ في مالنا نَـــزْرُ

أ ماويّ، ما يُغْني الثَّراء عن الفتى

إذا حَشْرَجَتْ يوما وضاق بها الصدر

أ ماويّ، إن يُصبحْ صَدايَ بقَفْرة

من الأرض ــ لا ماءٌ لديَّ ولا خمرُ ــ

تَرَيْ أن ما أنفقت لم يكُ ضرَّني،

أن يَدي ممّا بَخِلْتُ به صفـــرُ

## 金钱会来也会去

玛维娅!金钱会来也会去,
　　惟有名声传于世。

玛维娅!一旦有人来求乞,
　　我不会说:我们钱也不宽裕。

玛维娅!一旦临死将咽气,
　　人要钱财有何益?

玛维娅!一旦身处荒野地,
　　没有人烟没饮食,

昔日手敞有何妨?
　　两手再紧亦无益。

# 韩莎(约 575—约 664)
(الخَنْساء)

跨代女诗人。生于纳季德地区，出身于贵族世家，曾两次适人。她有两个兄弟死于贾希利叶时代的部落战争中，她为此写有大量悼亡诗。她还有 4 个儿子牺牲于嘎底西叶战役中，诗人引以为荣。她有诗集传世，多为悼念其两兄弟，特别是为悼念沙赫尔而作。在她的诗中，沙赫尔是完美的英雄。其诗以情取胜，但往往显得松散，缺乏逻辑性和深刻的内涵。

## أ عينيَّ جودا

أ عينيَّ جُودا، ولا تجمُدا
أ لا تبكيانِ لصخر النـــدى

أ لا تبكيانِ الجريئ الجميلَ
أ لا تبكيان الفتى السيـــدا

طويلَ النِجادِ، رفيعَ العِماد
سادَ عشيرته أمـــــــردا

إذا القومُ مَدُّوا، بأيديــهمُ
إلى المجد، مَدَّ اليه يـــــدا

فنال الذي فوقَ أيديــهمُ
من المجد، ثم مضى مُصعِـــدا

يُكلِّفُه القومُ ما عالهُـــمْ
وإن كان أصغرَهم مَولـــــدا

ترى المجدَ يَهوى الى بيته
يرى أفضلَ الكسْبِ أن يُحمَدا

وإن ذُكِر المجدُ ألفيتَـــهُ
تأزَّر بالمجدِ ثم ارتـــــدى

## 眼啊！请慷慨地让泪水流淌不停！

眼啊！请慷慨地让泪水流淌不停！
 岂能不为侠义的沙赫尔痛哭放声？

怎能不哭？他是那样壮美、英勇；
 怎能不哭？他是首领又那样年轻。

他高大魁伟，把光荣的责任担承，
 他嘴巴没毛，却将全族人统领。

人们争先把手伸向光荣，
 他挺身而出，同他们竞争。

他超越他们，获取了光荣，
 却没有停止，而是继续攀登。

大家把重担让他去挑，
 尽管他在他们中最为年轻。

你可以看到荣誉落在了他家，
 他却认为人生最难得的是被人赞颂。

如果提起荣誉，你会发现
 他全身上下披挂的都是光荣。

# 伊斯兰初兴时期

## (622—661)

# 哈萨尼·本·沙比特(约 563—约 674)
(حَسَّان بن ثابِت)

祖籍也门，生于麦地那贵族世家。在贾希利叶时期的部落战争中，他是本部落的喉舌。曾出入迦萨尼与希赖王国宫廷，是当时宫廷诗人之一。后追随先知穆罕默德，以诗歌为武器，反击那些非难和迫害穆罕默德的政敌与诗人，歌颂穆罕默德与伊斯兰教，被称为"先知的诗人"。有诗集传世。

## لساني وسيفي صارمان كلاهما

لساني وسيفي صارمان كلاهما

ويبلُغُ ما لا يبلُغُ السيفُ مِـــذْوَدي

وإنْ أكُ ذا مالٍ قليلٍ أجُدْ به

وإنْ يُهْتَصَرْ عُودي على الجُهْد يُحْمَدِ

فلا المالُ يُنْسيني حيائي وعِفَّتي

ولا واقعاتُ الدهرِ يَفْلُلْنَ مِـــبْرَدي

أُكَثِّرُ أهلي مِن عِيالٍ سِواهُـــمُ

وأطْوِي على الماء القَراحِ الـــمُبَرَّدِ

## 我的舌头与宝剑都锋利无比

我的舌头与宝剑都锋利无比,
　　我的舌头能达到宝剑达不到的目的。

钱财再少,我也会慷慨解囊,
　　穷人上门,我再难也会将他们周济。

有钱时,我不会为富不仁,
　　遭灾济贫,我是义不容辞。

扶危济困,我将灾民视为家人,
　　我忍饥挨饿,纵饮凉水也愿意。

# 凯耳布·本·祖海尔(？—662)

(كَعْب بن زُهَيْر)

著名《悬诗》诗人祖海尔之子。从父亲那里受过有关诗歌的严格训练。曾攻击穆罕默德和伊斯兰教，致使穆罕默德下令对他可格杀勿论。诗人闻讯亲谒穆罕默德，当场吟诗求其宽恕，为其歌功颂德，使其感动之余，竟解下身上的斗篷赏赐诗人。是诗称《苏阿德离去了》，又称《斗篷颂》。其诗字斟句酌，刻意雕琢，其中不乏格言、警句。

## إن الرسول لنورٌ يُستضاءُ به

إن الرسول لنورٌ يُستضاءُ بـــه

مهنَّدٌ من سيوفِ الله مسلـــولُ

في عصبةٍ من قُريشٍ قال قائلُهم

ببَطْنِ مكّةَ لمّا أسلموا زولـــــوا

زالوا،فما زال أنكاسٌ ولا كُشُفٌ

عندَ اللقاء ولا ميلٌ مَعازيـــــلُ

شُمُّ العرانين، أبطالٌ لَبوسُهـــمُ

من نَسْج داودَ في الهَيْجا سرابيل

لا يَضْرعون إذا نالتْ رماحُهـــمُ

قَوْمًا، وليسوا مَجازيعًا إذا نِيلـوا

لا يقَعُ الطعنُ إلاّ في نحورِهـــمُ

وما لهم عن حِياض الموت تهليلُ

## 先知是光,普照世间人寰

先知是光,普照世间人寰;
　　先知是剑,真主出鞘的宝剑。

一群古莱氏族人团结在先知周围,
　　先知下令撤出麦加,他们听从他的指挥。

他们迁徙,并非弱者赤手空拳,
　　他们是在秣马厉兵,枕戈待旦。

他们个个是英雄,无比坚强,
　　身披达伍德的盔甲驰骋沙场。

他们坚毅、勇敢,胜不骄,败不馁,
　　千难万险面前不怯懦,不后退。

迎着刀枪,他们总是挺胸朝前冲,
　　面对死亡,他们从不扭头为逃命。

# 侯忒艾(？—679)
(الحُطَيْئَة)

生于纳季德地区，阿布斯部落人。师承《悬诗》诗人祖海尔。出身低贱，加之身材矮小，相貌丑陋，遂养成他的自卑逆反心理；又因贫穷、负担重，故以讽刺诗和赞美诗为谋生手段，被认为是当时讽刺诗的泰斗。他的讽刺对象极为广泛，连他的母亲、继父和他本人都不能幸免。其讽刺诗尖刻但不粗俗。他有诗集传世，1890年首次印行。

## التقوى

ولستُ أرى السعادة جمعَ مالٍ
ولكـنَّ التقيَّ هــو السعـيدُ

وتقْوَى الله خيرُ الزادِ ذُخْـــراً
وعـــندَ الله للأقوى مـَزيدُ

## 虔诚

我看积累钱财并不是幸福，
　　幸福的人倒是虔诚的信徒。

对真主虔敬是最好的储蓄，
　　真主会增加虔诚者的财富。

# 阿慕鲁·本·麦耳迪凯里卜(542—641)

(عَمْرُو بن مَعْدِيكَرِب)

骑士诗人。生于也门扎比德。以见义勇为、孔武有力著称。631年皈依伊斯兰教,曾一度叛教,后再次归顺。曾在叶尔茂克战役(636年)、嘎底西叶战役(637年)中立有战功,最后在阿拉伯人围攻波斯属地纳哈文德战役中战死。遗诗不多,内容多为矜夸、咏志,内有不少警句、格言。

## الحكمة

ليس الجمالُ بمئزرٍ،

فاعلمْ، وإن رُدّيتَ بُردا

إن الجمالَ معادِنٌ

ومَناقِبٌ أوْرَثْنَ مجدا

# 格言

美不靠华丽的衣裳,
　　哪怕你穿着条纹大氅。

美在于品德高尚,
　　使人受到称誉、赞扬。

# 艾布·米哈坚(？—650)

(أبو مِحْجَن الثَّقَفِيّ)

跨代诗人，塔伊夫人，属于赛基夫部落。是著名的骑士，以骁勇善战但嗜好饮酒著称。他皈依伊斯兰教后，未能戒酒，曾受哈里发欧麦尔多次训诫。在参加嘎底西叶的征战中，他因饮酒而被关禁闭，后发誓戒酒方得以出狱参战，破敌立功，传为佳话。其诗不多，大部分是有关酒的。亦有一些颂诗、矜夸诗和激情诗①。

---

① 激情诗（الحماسة）相当于战歌。

## في الفخر

لا تسأل الناس عن مالي وكثرتـه،

وسائل القوم: ما حزمي وما خُلُقي

القومُ أعلمُ أني من سَراتهـــــــمُ،

إذا تَطيش يدُ الرِعديدة الفَــرُق

قد أركب الهول مسدولاً عساكره،

وأكتمُ السرّ فيه ضربةُ العُنُـــق!

## 矜夸

不要向人们打听我有多少财产,
　　要问就问我的品德、我的果敢。

当胆小鬼惊慌失措、无所适从时,
　　人们都知道我是头领,镇定稳健。

即使在千难万险关头我也敢闯,
　　我会保密,哪怕有砍头的危险。

# 伍麦叶朝

（661—750）

# 库迈伊特(679—743)

(الكُمَيْت)

生于库法,自幼受过良好的教育。信奉什叶派中的宰德派,被认为是伍麦叶朝什叶派的代表诗人。他在学术上奉穆尔太齐赖派,因此,其诗除表达诗人的真挚情感外,还具有雄辩、逻辑性强等特点。其诗集中表达了游牧人与城居人的特点,是当时政治斗争较真实的写照。其代表作《哈希姆集》(الهاشميات)由6首长诗组成,旨在歌颂伊斯兰教先知穆罕默德出身的哈希姆家族的嘉言懿行、丰功伟绩。

## لبني هاشم

طربتُ وما شوقًا الى البيض أطربُ
ولا لَعِبًا منّي وذو الشيب يلعــــــبُ

ولم تُلْهني دارٌ ولا رَسْمُ منـــــزلٍ
ولم يتطرَّبْني بَنانٌ مخضَّـــــــــبُ

ولكنْ الى أهل الفضائل والنهـــي
وخيرِ بني حَوَّاءَ والخيرُ يُطْلَـــــبُ

بني هاشمٍ رهطِ النبيّ فإننـــــي
بهم ولهم أرضى مرارًا وأغضــــبُ

## 为哈希姆族人

我欢愉,不是为思念美女动情,
 也不是满头白发却仍游戏人生。

不是营房或废墟引起我的遐想,
 不是染过的纤指令我怦然心动。

是那些德才兼备的人令我神往,
 他们都是人们求之不得的精英。

先知的部族——哈希姆族人呀!
 为你们我几度高兴,几度愤怒!

# 库赛伊尔·阿宰(？—723)

# (كُثَيْر عَزّة)

生长于麦地那，后辗转于希贾兹、叙利亚、伊拉克、埃及等地。崇奉什叶派，是该派的代表诗人；但他同时也为伍麦叶朝的王公贵族歌功颂德。据说诗人生得又矮又丑，却钟情于一个名叫阿宰的美女，并以为她写的情诗著称。但也有人认为这些情诗有些矫揉造作，感情不够真挚。

## لا يَعْرِفُ الحُزْنَاِلاَّ كُلُّ مَنْ عَشِقَا

لا يَعْرِفُ الحُزْنَ إلاَّ كُلُّ مَنْ عَشِقَا
وَلَيْسَ مَنْ قَالَ إنِّي عَاشِقٌ صَدَقَا

لِلْعَاشِقِيْنَ نُحُولٌ يُعْرَفُونَ بِهِ
مِنْ طُولِ مَا حَالَفُوا الأَحْزَانَ والأَرَقَا

## 只有热恋者才知道愁楚的滋味

只有热恋者才知道愁楚的滋味,
　　标榜坠入爱河者所言未必真对。

热恋者令人认出的标志是憔悴,
　　皆因忧伤与失眠长期与他伴随。

# 盖塔里·本·福加艾(?—697/伊79)

# (قَطْرِيّ بن الفُجاءة)

台米姆部落人。最初是亲伍麦叶家族的，后来加入与伍麦叶王朝敌对的哈瓦利吉派，并成为这一派的首领之一，还一度被其追随者选为他们的哈里发。最后战死于太巴列斯坦。他是一位骁勇善战的骑士，也是著名的诗人和演说家。其诗充分体现出一个勇士视死如归的大无畏精神。

## ألا أيها الباغي البراز ...

ألا أيُّها الباغي البرازَ تَقَرَّبَنْ

أُساقِكَ بالموت الذُعافَ المُقَشَّبا

فما في تساقِي الموتِ سُبَّة

على شاربِيه، فاسْقِني وأشْـــرَبا

## 找我决斗的人……

找我决斗的人,
　　还不快向我靠近!
死亡这杯鸩酒,
　　我要请你饮!

战场上灌人以死,
　　并非耻辱、丢人;
你们亦可以用以灌我,
　　让我把它一饮而尽!

# 忒利马哈(？—723)

(الطِرِمّاح)

诗人、演说家。属塔伊部族。生长于叙利亚大马士革,后到伊拉克、伊朗等地授课。信奉哈瓦利吉派,并成为该派代表诗人之一,但并没有参加该派的军事行动。他善于写颂诗与矜夸诗,表现出其甘愿为信仰献身的热忱。从其诗中可看出诗人阿拉伯语及古诗的功底甚厚。

## قبري بطنُ نسرٍ

وإنّي لَمُقْتادٌ جوادي فــــــقاذفٌ
به وبنفسي، العامَ، إحدى المَقَاذِفِ

لأَكْسِبَ مالاً أو أؤولُ الى غِنــــىً
من الله يَكْفيني عِداتِ الخلائـفِ

يا ربِّ، إنْ حانت وفاتي فلا تكنْ
على شَرْجَعٍ يُعْلى بخُضْرِ المَطارف

ولكنّ قبري بطنُ نسرٍ مَقيلـــــه
بجوِّ السماء في نسور عَواكِــــفِ

## 宁愿葬身雄鹰腹中

今年我就要纵身马上,
　　投身沙场去血战一场。

不致富就为真主献身,
　　而不再靠哈里发奖赏。

主啊!一旦大限来临,
　　我不愿死在舒适床上;

而宁愿葬身雄鹰腹中,
　　随着雄鹰在天空翱翔。

# 伊本·盖斯·鲁盖雅特(? —694)
(ابن قَيْس الرُقَيّات)

　　伍麦叶朝诗人。生于麦加，古莱氏族人，在当时的政治宗派斗争中，他被认为是祖拜尔派的代表诗人。据说，他曾爱恋过3个名字皆为鲁盖娅的妇女，故以鲁盖雅特（鲁盖娅的复数）为号，为她们作情诗。他极力主张哈里发权位应限于古莱氏族。作为出身古莱氏族的贵族，其诗具有鲜明的政治倾向。诗歌主旨有颂扬、悼亡、矜夸、恋情等，格调平易、流畅，情深感人。

## رُقَيَّ بعيشكم لا تَهْجُرينا

رُقَيَّ بعيشكم لا تَهْجُريـــــنا
ومَنِّينا المُنى ثم امطُليــــــــنا

عِدينا في غدٍ ما شئتِ إنّا
نُحبُّ ــ وإن مَطلتِ ــ الواعدينا

وإما تُنْجِزى عِدتــي وإما
نعيش بما نؤمل منك حيـــــــنا

## 鲁盖娅,求你不要离弃我!

鲁盖娅,求你不要离弃我!
 哪怕先给我一些希望再说。

随你给我一个未来的诺言,
 纵然拖延我还是喜欢许诺。

要么你将实践对我的诺言,
 要么我在对你期望中过活。

# 艾赫泰勒(640—710)

(الأَخْطَل)

生于希拉台额里卜部落一个信奉基督教的家庭中。他写诗为伍麦叶朝的哈里发歌功颂德，因而得宠，被称为“哈里发的诗人”“伍麦叶的诗人”；被认为是伍麦叶朝的辩护律师和台额里卜部落的喉舌。晚年卷入法拉兹达格与哲利尔的诗歌之战，他站在前者一边，与后者为敌，写了很多“对驳诗”（النقائض），与两人并称“伍麦叶朝三诗雄”。其诗 1891 年首次于贝鲁特出版，有一定的史料价值。

## ولستُ بصائمٍ رَمَضانَ طَوْعًا

ولستُ بصائمٍ رَمَضانَ طَوْعًا
ولستُ بآكِلٍ لَحْمَ الأضاحـي

ولستُ بزاجِرٍ عَنْسًا بكـورًا
الى بَطْحاءِ مكَّةَ للنجـــاحِ

ولستُ بقائمٍ أبدًا أنـــادي
قُبَيْلَ الصُبْحِ حَيَّ على الفَلاحِ

ولكنّي سأشربها شَمُـــولاً
وأسْجُدُ عند مُنْبَلَجِ الصـــباحِ

## 我不会在斋月乖乖地把斋

我不会吃宰牲节牺牲的肉,
　　我不会在斋月乖乖地把斋;

我也不会为了成功讨吉利
　　而赶着骆驼上麦加的平台;

我更不会未等黎明天放亮
　　就召唤人们快快去作礼拜;

而是在清晨时才跪拜祈祷,
　　还要把美酒佳酿豪饮开怀。

# 法拉兹达格(641—732)

(الفَرَزْدَق)

生于巴士拉台米姆部落一名门望族。为人刚愎自用，性情多变，又因他信奉什叶派，故很少得到宫廷重用和信赖。他曾与哲利尔对诗舌战达 50 年之久，该事件被传为阿拉伯文学史上的佳话。他亦被认为是伍麦叶朝三诗雄之一。他有诗集传世。1870 年巴黎首次印行了他的部分诗歌，还有一部分于 1900 年印行于慕尼黑。1907 年他与哲利尔的对驳诗在莱顿出版。

## ولو تُرْمى بلُؤمِ كُلَيبٍ

ولو تُرْمى بلُؤمِ كُلَيبٍ

نجومُ الليل ما وضحتْ لسارِ

ولو يُرْمى بلؤمهم نَهارٌ

لدنَّس لؤمُهم وضَحَ الـــنهار

# 若用库莱卜人的卑鄙射向星空[1]

若用库莱卜人的卑鄙射向星空，
　　夜行人就会发现眼前一片黑暗；

假若用他们的卑鄙去射向白昼，
　　他们的卑鄙会将光天化日污染。

① 此诗为法拉兹达格攻击诗人哲利尔所属的库莱卜部落而作。

# 哲利尔(653—733)

(الجَرِير)

生于纳季德地区一个贫穷的游牧民家庭。自幼就显露出诗歌天赋，使族人引以为荣。他曾浪迹各地，为王公贵族歌功颂德。他在诗坛上锋芒毕露，树敌颇多。据说他在诗坛上击败过40多个对手，最后只剩下艾赫泰勒与法拉兹达格，与他并称为伍麦叶朝三诗雄。他有诗集传世。内容有赞颂、悼亡、恋情、矜夸等，但以对驳诗和讽刺诗最为著名。其诗的特点是自然流畅，挥洒自如。

## هجاء تَغلبٍ

لا تطلُبَنَّ خُؤُولةً في تَغلبٍ
فالزُنجُ أكْرَمُ منهمُ أخْـوالا

والتغلبيُّ إذا تَنَحْنَحَ للقِرَى
حكَّ اسْتهُ وتمَثَّل الأمثالا

## 嘲台额里卜部落

别在台额里卜部落寻求娘舅的血脉,
　　黑奴作舅舅都比他们慷慨。

台额里卜人一旦干咳着要请客,
　　就会手挠肛门,做出种种丑态。

# 哲米勒(？—701)
(جَميل بُثَيْنة)

著名的贞情诗诗人。生于希贾兹地区麦地那以北瓦迪—古拉谷地，欧兹赖部落人。诗人少年时代即与布赛娜相爱，但布赛娜家长因其情诗有损女儿名声而拒绝了其求婚要求，并将她许配他人。诗人苦恋不舍，历尽坎坷，最后病死于埃及。其诗歌及有关的轶闻多散见于阿拉伯古典文集中。其诗多为情诗，描述诗人对布赛娜的追求、苦恋和忠贞不渝的爱情。诗句感情强烈、真挚感人，典雅、流畅。

## فلو أرسلت يوما بثينة...

فلَوْ أرسلتْ يومًا بثينة تبتغـي

يميني، وإنْ عزَّتْ يمينـــــــي

لأعْطَيْتُها ما جاءَ يَبْغي رَسولُها

وقلتُ لها بعد اليمين سَلِينِـــي

## 如果有一天……

如果有一天布赛娜派人来要我的右手,
　　尽管右手对于我来说珍贵无比,

我也会给她,使她称心如意,
　　然后说:"还有什么要求,你再提!"

# 盖斯·本·穆劳瓦哈(？—688)
# (قَيْس بن المُلَوَّح)

伍麦叶朝著名的贞情诗诗人。以马季农·莱伊拉（مجنون ليلي，意为"莱伊拉的情痴"）著称。生活于纳季德地区，阿米尔部落人。他自幼爱上堂妹、美女莱伊拉，并向叔父求亲，遭到拒绝，苦恋不舍，最后因情而痴，在荒漠中四处游荡，与野兽为伍，不停地吟诗，呼唤着情人的名字，向人们诉说自己的痛苦与悲伤，最后因痴情而死，葬于沙漠。其爱情悲剧被后世衍化成传奇故事，广为流传。

# لقد عذّبتني ...

لقد عذَّبتَني يا حبَّ ليلـى
فقَعْ إمّا بموتٍ أو حيـــــاةِ

فإنّ الموتَ أروحُ من حياةٍ
تدوم على التباعد والشَّتاتِ

## 你使我受尽折磨

对莱伊拉的爱呀!
  你使我受尽折磨。
你要么让我死,
  要么让我活。

身虽各自东西,
  心却难分难舍。
照这样活下去,
  真比死还难过。

# 盖斯·本·宰利哈(？—687)

(قَيْس بن ذَرِيح)

著名的贞情诗诗人。居于麦地那地区。他与鲁布娜相爱,但婚后无子,双亲不满,迫使诗人休弃了鲁布娜。诗人虽遵命,但心中异常痛苦;鲁布娜虽另适他人,诗人仍日夜痛悔、相思,如痴如迷。其乳兄哈里发阿里之子侯赛因见状,劝说鲁布娜新夫让步,使鲁布娜重新回到了盖斯身边。诗人有遗诗传世。其诗反映了他对鲁布娜爱恋、相思的真挚情感。

## إلى الله أشكو

إلى الله أشكو ما أُلاقي من الهوى
ومن حُرَقٍ تعتادني وزفيرِ

من ألمٍ للحبّ في باطن الحشا
وليلٍ طويل الحزن غير قصيرِ

## 我要向真主诉说

我要向真主诉说
　　我的遭遇，我的苦恋，
那火一样的情感
　　喷吐出声声长叹；

诉说对爱情的痛苦
　　深藏在我的心间；
还有辗转反侧失眠，
　　惆怅难度长夜漫漫。

# 陶白·本·侯迈伊尔(？—704)

(تَوْبة بن الحُمَيْر)

　　伍麦叶朝贞情诗诗人，阿米尔部落的勇士。他热恋本部族美女、诗人莱伊拉·艾赫叶丽娅，为她吟咏大量情诗，表达衷情，并向其父求亲。其父未准，还把女儿另适他人。诗人苦恋不舍，仍不断吟诗表白爱情，直至在一次征战中阵亡。莱伊拉闻讯不忘旧情，为他写有大量悼亡诗。两诗人爱情佳话及其诗作散见于阿拉伯古籍中。其诗真挚感人。

## فإن تمنعوا ليلى...

فإن تمنعوا ليلى وحُسن حديث
فلن تمنعوا مني البكا والقوافــــيا

فهلاّ منعتم إذ منعتم حديـــثها
خيالا يوافيني على النأي هاديــا

## 你们也许能禁止我会见莱伊拉

你们也许能禁止我会见莱伊拉,
　　听不到她的衷肠、心声,
但却无法阻止我为她哭泣,
　　为她把诗歌吟诵。

你们也许能阻止住
　　她的话语传入我的耳中,
但却如何能阻挡住
　　她的倩影翩然入梦。

## 莱伊拉·艾赫叶丽娅(? —约704)

## (لَيْلَى الأَخْيَلِيّة)

著名的女贞情诗诗人，阿米尔部落的美女，能言善辩，博闻强记。同部族的诗人陶白爱上了她，写有大量情诗表达衷情，并向其父求亲，遭到拒绝。她被另适他人。陶白多次参加征战，后阵亡。莱伊拉闻讯悲痛欲绝，为其写下大量悼亡诗。诗中赞颂了陶白的种种美德、功绩。其情真挚感人，具有女性温柔、细腻的情调。

## في رثاء توبة

آليتُ أبكي بعد توبة هالكًـــــا
أخا الحرب إنْ دارتْ عليه الدوائر

لَعَمْرُكَ، ما بالموت عارٌ على الفتى
إذا لم تُصِبْهُ في الحياة المَعايِـــــر

فكلُّ جديدٍ أو شبابٍ إلى بِلًـى،
وكلّ امرئ يومًا إلى الله صائـــــر

## 悼陶白

我发誓，自陶白死后，
　　我不再为战死的英雄而哭。

青年如果生时无可非议，
　　那么，死对他也绝非耻辱。

一切新的或年轻的都会消亡，
　　每个人总有一天会回归真主。

# 欧麦尔·本·艾比·赖比阿(644—711)
# (عُمَر بن أبي رَبِيعة)

著名的艳情诗诗人。生于麦加古莱氏族一华贵之家。诗人风流倜傥，常与贵妇名媛、歌女优伶交往；又常在朝觐路上与女客调情，并把自己的偷情艳遇写成诗歌，供歌女广为传唱。有诗集传世，多为情诗。诗集于 1893 年首次分别于莱比锡和开罗印行。他的艳情诗自成一体。特点是具有故事情节，有对话调情，描写细腻，语言流畅。后人公认他是阿拉伯情诗宗师。

## كتبتُ إليكِ من بلدي

كتبتُ إليكِ من بلدي

كتابَ مولَّهٍ كَمِـــــــدِ

كئيبٍ واكِفِ العيـنـ

ين بالحسرات منفـرد

يُؤرقه لهيب الشـوق

بين السَحْر والكبِـــد

فيمسك قلبه بيـــد

ويمسح عينه بيـــدِ

## 从家乡,我给你写信

从家乡,我给你写信,
　　如痴如迷,思绪万千。

孑然一身,郁闷难抑,
　　皆化为泪水涟涟。

胸中思念的火焰
　　使我彻夜难眠。

我一手攥着心,
　　一手擦拭着泪眼。

# 艾哈瓦斯(？—728)

(الأَحْوَص)

伍麦叶朝诗人。麦地那人，奥斯族。原名阿卜杜拉·本·穆罕默德。以写艳情诗著名。"艾哈瓦斯"原是其绰号，意为"眯缝眼"。为人放荡，惯于沾花惹草，寻欢作乐，迷恋于一些歌姬女婢，并为之吟诵情诗。其诗往往冶艳露骨，以致被控有伤风化，他因而遭流放。其诗句自然流畅，朗朗上口。

# بكل مكان

ما مِنْ مُصيبة نكبةٍ أُمْنَى بها

إلاّ تُشرِّفني وتُعْظِمُ شأنـــي

إني إذا خفي اللِئامُ وجدتني

كالشمس لا تخفى بكل مكانِ

## 光照四方

我每遭一次灾难祸殃，
　　就更加令我伟大荣光。

如果小人会销声匿迹，
　　我却如太阳光照四方。

# 瓦达侯·也门(？—708)

(وَضَّاح اليَمَن)

原名阿卜杜·拉赫曼·本·易司马仪。原为也门希木叶尔族人。早年丧父,继父为波斯人。"瓦达侯·也门"为其绰号,意为"也门的美男子"。他以善写情意缠绵的情诗著称。他与情人——也门少女劳达的爱情故事曾广为流传。

# فتى غزل

ماذا يريدون من فتى غزِلٍ
قد شفّه السُقْمُ فيك والسَهدُ

يهددوني كيما أخافَهـــــم
هيهاتِ، أنّى يُهَدَّدُ الأســـدُ

## 热恋的青年

对一个热恋的青年
　　他们究竟要怎么办？
对你相思、失眠，
　　早已使他憔悴不堪。

他们总是威胁我，
　　要我害怕、服软，
但这谈何容易，
　　雄狮岂能被吓破胆？

# 阿尔吉(？—738)

(العَرْجِيّ)

生于希贾兹地区塔伊夫附近的阿尔志镇,古莱氏族人。他文武兼备,是著名的骑士,尤善射箭,曾在对罗马的战争中立过战功。他求官不得,故归里赋闲。希沙姆(724—743在位)任哈里发时曾任命自己的舅舅穆罕默德为麦加总督,诗人与穆罕默德发生纠纷,并作诗调笑穆罕默德的母亲,以致被投入狱,并瘐死狱中。他为人放荡不羁,善作艳情诗,亦写过一些哲理诗、颂诗、讽刺诗、矜夸诗等。其诗风格则新旧参半。

## أماطت كساء الخزّ عن حرّ وجهها

أماطت كِساءَ الخزّ عن حُرّ وجهها

وأدْنت على الخدّين بُرْدًا مُهَلْهَـــلا

من اللاءِ لم يحجُجْن يبْغِينَ حِسْبةً

ولكن ليقتُلْنَ البريئَ المغفَّـــــــلا

## 她把面纱轻掀

她把面纱轻掀,
　　露出脸如银盘;
又扯起薄薄的披巾,
　　把妩媚的芳腮半掩。

她们这些人前去朝觐,
　　不是为了求真主喜欢;
只是为了要想煞
　　那些无辜的傻蛋!

# 瓦立德·本·叶齐德(707—744)
(الوَلِيد بن يَزِيد)

阿拉伯伍麦叶朝哈里发诗人。生于大马士革,死于霍姆斯郊区。他放浪形骸,玩世不恭,整日花天酒地,过着放荡奢靡的生活。他尤善写咏酒诗,在这方面,起到承前启后的作用。其诗通俗、流畅,格调轻松、欢快,便于吟唱。诗人因行迹有悖于伊斯兰传统教规,故被废黜,后被杀。

## وانْعَمْ على الدهْر بابنةِ العِنَبِ

اصْدَعْ نَجِيَّ الهموم بالطَــرَبِ
وانْعَمْ على الدهْر بابنةِ العِنَــبِ

واستقبلِ العيشَ في غضارتـهِ
لا تَقْفُ منه آثار مُعْتقِــــبِ

من قهوةٍ زانها تقادُمهــــــا
فَهْيَ عجوزٌ تعلو على الحِقَــب

أشهى الى الشَرْب يومَ جَلْوتها
من الفتاةِ الكريمة النسَــب

فقد تجلَّت ورقَّ جَوهَــرُها
حتّى تبدَّتْ في منظَرٍ عجَــبِ

كأنّها في زُجاجها قَبَـــسٌ
تذكو ضياءً في عين مرتقـب

## 借美酒尽情享受

用欢歌驱散忧愁,
　　终生将美酒享受。

莫吝啬苦度日月,
　　福海中享尽风流。

陈佳酿恰似老妪,
　　经沧桑几度春秋。

启封日开怀畅饮,
　　却胜似名门闺秀。

喜煞人,从里到外,
　　羡煞人,美不胜收。

在杯中似火燃烧,
　　却令人企慕已久。

# 祖·鲁麦(？—735)

(ذُو الرُمَّة)

  著名的牧歌诗人。生于叶麻麦原野达赫纳沙漠地区。聪慧过人。最初以吟咏歌谣开始其文学生涯，后转作长诗（盖绥达）。据说，他曾苦恋一个名叫麦娅的姑娘，为她写过不少情诗，表达其纯真的爱情。诗人热爱荒漠，热爱大自然，写有不少描绘沙漠景物的诗歌。其诗善用比喻，但杂有不少费解的生词僻典。

## إذا هبّت الأرياح ...

إذا هبَّت الأرياحُ من نحوِ جانبٍ

به أهلُ ميٍّ هاجَ شوقي هبوبُــــها

هَوًى تَذْرِفُ العينان منه، وإنّمـا

هوى كلِّ نفسٍ حيثُ حَلَّ حبيبُها

## 风从麦娅家乡吹来

风从麦娅家乡吹来,
  风吹引我情思满怀;

情使两眼潸然泪下,
  人人情系情人所在!

# 努赛布(? —724/728)

(نُصَيْب بن رَباح)

原籍努比亚。与其父母皆为希贾兹北部瓦迪—古拉谷地某部落的黑奴。擅于吟诗,与主人立下赎身契约(双方商定赎金,奴隶按约缴钱即可自赎)。然后到埃及,以颂诗得宠于埃及总督,总督将他及其家人买下释放。他早年善于写贞情诗,后长于颂诗。他像《悬诗》诗人安塔拉一样,常以自己肤色黑为诗的题材。

## ليس السواد بناقصي

ليس السوادُ بناقصي ما دام لي
هذا اللسانُ إلى فؤادٍ ثابـــــتِ

من كان تَرفعُه منابتُ أصلـــه
فبيوت أشعاري جُعِلْنَ منابتــــي

كم بين أسودَ ناطقٍ ببيانــــه
ماضي الجَنانِ وبين أبيضَ صامتِ

إني لَيَحْسُدُني الرفيعُ بنـــاؤُه
فضلَ البيانِ، وليس بي من شامتِ

## 肤色黑并不会降低我的身份

肤色黑并不会降低我的身份,
　　只要我有这舌头和坚定的心。

人若靠出身提高自己的地位,
　　那么我的诗行就是我的出身。

一个人皮肤虽白却拙嘴笨舌,
　　怎能及一个能言善辩的黑人?

世上虽没有人会对我幸灾乐祸,
　　忌妒我口才的却不乏贵族名门。

# 阿拔斯朝初期

（750—847）

# 白沙尔·本·布尔德(714—784)

## (بَشّار بن بُرْد)

祖籍吐火罗，生于巴士拉。父亲是波斯血统的泥瓦匠，母亲是希腊（罗马）血统。诗人天生双目失明。他善作各类题旨的诗歌，尤以讽刺诗著名。他曾一度得宠于哈里发麦赫迪，但由于嫉恨者进谗而失宠。诗人曾作诗攻击哈里发及其宰相，得罪朝廷，后被控为“伪信”，在巴士拉被鞭笞致死。他被认为是阿拔斯王朝维新诗歌的先驱。其诗曾风靡一时，广为传唱。

# يكلّمها طرفي...

يكلّمُها طَرْفي فتُومِئُ بطرفـــــــــها

فيُخْبِرُ عمّا في الضمير من الوجـــدِ

فإن نظر الواشون صَدَّتْ وأعرضتْ

وإن غفلوا قالتْ أ لستَ على العهدِ؟

## 不必开口用眼睛

不必开口用眼睛,
　　表尽心中几多情;

人前假装不相识,
　　背后常问旧誓盟。

# 艾布·努瓦斯(762—813)

(أبو نُواس)

生于波斯的阿瓦士。其父早亡。他博闻强记,很快跻身诗坛。30岁到巴格达,因诗才被哈里发赏识。他终生恃才傲物,尤喜饮酒作乐,而常置教法于不顾,至晚年才有所收敛。他善写饮酒诗,故有"酒诗人"之称。他往往借酒抒情,反映出他落拓不羁的性格和主张自由开放、反对宗教禁欲的思想。其笔墨新颖别致、不落窠臼。其诗是阿拔斯朝时期繁华奢靡生活的写照。

## الزقّ والمصحف

وضَعِ الزِقَّ جانبـــاً

ومع الزقّ مُصْحَفَـــا

واحْسُ من ذا ثلاثةً

واتْلُ من ذاك أحْرُفا

خيرُ هذا وشـرُّ ذا،

فإذا اللهُ قد عفـــا

فلقد فازَ مَن مَحَـــا

ذا بذا عنه واكتفى

## 酒囊与经书

酒囊摆一边,
　　经书共一起。

美酒饮三杯,
　　经文读几句。

读经是善举,
　　饮酒是劣迹。

真主若宽恕,
　　好坏两相抵。

# 艾布·阿塔希叶(748—825)

(أبو العَتاهِية)

生于伊拉克一贫苦释奴家庭，父亲是奈卜特人。诗人早年生活于库法，后到巴格达，以颂诗得宠于朝廷。诗人爱上王后侍女欧特白，遭禁绝后，仍写诗追求，被讥为"白痴"，其名艾布·阿塔希叶（意为"白痴"）即源于此。他以晚年创作的劝世诗著称。其诗在一定程度上表达了下层人民的痛苦和愿望，指出在宗教和死亡面前，人是平等的。其诗脍炙人口，常被谱成乐曲传唱。

## متى تنقضي حاجات من يشبع؟

أ لم تر ريب الدهر في كلّ ساعة
له عارض فيه المنيّةُ تلمــــــعُ

أ يا بانيَ الدنيا! لغيرك تبتنـــي
ويا جامعَ الدنيا لغيرك تجمـــــعُ

تباركَ مَن لا يملك الملكَ غيرُهُ
متى تنقضي حاجات من يشبعُ؟

## 贪得无厌的欲念何时才完?!

君不见岁月常有疑难,
　　死亡时时都在闪现?

追求功名是为别人创建荣华,
　　狗苟蝇营是为他人敛聚财产。

世人一贫如洗便是福啊!
　　贪得无厌的欲念何时才完?!

# 穆斯林·本·瓦立德(757—823)

(مُسْلِم بن الوَليد)

生于库法,父亲操编织业。诗人早年曾随父兄迁到巴士拉受教于著名诗人白沙尔等。后到巴格达为哈里发哈伦·赖世德、艾敏、麦蒙等及其手下的文官武将歌功颂德,深受赏识。曾任戈尔甘(现属伊朗)驿站长等职,死于戈尔甘。诗人继承古诗遗风,模仿多于创新。他刻意追求辞藻华丽、典雅,写作时精雕细刻,是当时诗坛"藻饰派"的创始人。

## النار يعلوها الدخان

إنْ يَقعُدُوا فوقي لغير نَزاهةٍ

وعُلُوِّ مَرْتَبةٍ وعِزِّ مكـــــانِ

فالنارُ يَعْلُوها الدخانُ ورُبَّما

يعلُو الغُبارُ عمائمَ الفُرْسـانِ

## 烈火上面总是冒有黑烟

他们既不清廉又不高尚,
  纵然居于我上又有何妨?

烈火上面总是冒有黑烟,
  尘土也常落在骑士盔上。

# 艾布·泰马姆(788—846)

(أبو تَمَّام)

  生于大马士革附近的贾西姆镇,塔伊部族人。曾在开罗清真寺作过水夫。他在埃及曾试以诗求进身,未果,遂返叙利亚,又辗转遍游各地,吟诗为帝王将相歌功颂德,遂为哈里发穆阿台绥姆赏识,成为其御用诗人。曾被任为摩苏尔驿站站长。诗人有诗集传世,其诗常述及历史战事。诗人除谙熟古诗外,还深受波斯文化和希腊哲学的影响,特别重视修辞、文采。其诗常表现出深刻的哲理。

## إذا أراد الله نشر فضيلة...

إذا أراد اللهُ نشرَ فضيلـــــــةٍ

طُوِيَتْ، أتاح لها لسانَ حَســـــودِ

لولا اشتعالُ النارِ في ما جاورتْ

ما كان يُعرَفُ طِيبُ عَرْفِ العُـــــودِ

## 真主若想宣扬不为人知的美德

真主若想宣扬不为人知的美德,
　　就为它安排好了忌妒者的口舌。

若非火能焚烧它近旁的东西,
　　沉香木的芬芳岂能为人晓得?!

# 艾布·杜拉迈(?—777/778)
(أبو دُلامة)

埃塞俄比亚裔的黑人，其父原为阿萨德部落的一个奴隶，后被释放。诗人于伍麦叶朝后期成长于库法，但登上诗坛成名却是在阿拔斯朝。他混迹于王宫中，先后成为阿拔斯朝前三代哈里发的清客、弄臣。据说他常饮酒作乐，不作礼拜，不守教规。但他为人聪明、机智、诙谐、幽默，常让哈里发及其眷属们开心、解颐，又以颂诗和悼亡诗为阿拔斯朝的哈里发及王公贵族们歌功颂德，讨取他们丰厚的赏赐。

## عند المبارزة

أَلا لا تَلُمْني إن فَرَرْتُ فإنني
أخاف على فخارتي أن تَحَطَّما

فلو أنّي في السوق أبتاع غيرَه
وجَدِّكَ ما بالَيْتُ أن أتقدَّما

## 临阵“宣言”[1]

如果我逃跑，你别责备我，
　　我是怕自己这个“瓦罐”打破。

我若是在集市上还能再买一个，
　　凭你爷爷起誓，我会不在意前去拼搏。

[1] 一次与伍麦叶人作战中，有人提出要与敌格斗，诗人以此作答。

# 瓦利伯·本·侯巴卜(?—786)
(وَالبة بن الحُباب)

原籍大马士革,但他出生并长住于库法。他曾结识艾布·努瓦斯,并指点他如何作诗,成为他的启蒙老师。晚年曾同白沙尔·本·布尔德、艾布·阿塔希叶展开诗战,相互攻讦。但他似乎不敌两者。他博闻强记,熟知"阿拉伯的日子"(即部落战史),诗文皆精。写有大量咏酒诗、艳情诗、骚情诗,但也有不少赞颂诗、悼亡诗、描状诗,乃至教谕诗。

## فتى الفتيان

وليس فتى الفتيان مَن راح أو غدا
لشُربِ صَبوح أو لشرب غَبـــوقِ

ولكنْ فتى الفتيانِ من راح أو غدا
لضُرّ عَدوٍّ أو لنفع صديـــــــقِ

## 英雄好汉

狂饮滥喝一天到晚,
　　并非真正英雄好汉;

真正的英雄好汉是
　　朋友受益敌人胆寒。

# 哈马德·阿志赖德(？—779)

(حَمّاد عَجْرَد)

生长于库法,释奴出身。曾在伍麦叶王朝时期作过哈里发瓦利德·本·叶齐德(707—744)的清客。还作过教师,教过阿拔斯王朝第二任哈里发曼苏尔(754—775在位)的侄子穆罕默德。为人主张及时行乐,是著名的放荡派诗人,并被认为对伊斯兰教是伪信。其诗流畅、风趣。颂诗、情诗以及讽刺诗都作得很好。

## كم من أخ لك...

كم من أخٍ لكَ لستَ تنْكرُه
ما دمتَ من دنياك في يُسْـرِ

متصنّعٍ لكَ في مودّتــــهِ
يلقاكَ بالترحيب والبِشْــرِ

يُطْرِي الوفاء وذا الوفاء وَيَلْـ
حَى الغَدْر مجتهدًا وذا الغدرِ

فإذا عدا – والدهر ذو غِيَرٍ –
دهرٌ عليك عدا مع الدهــرِ

فارْفُضْ بإجمال مودّةَ مَــنْ
يَقْلِي المُقِلَّ ويَعْشَقُ المُـثْري

وعليكَ مَنْ حالاه واحــدةٌ
في العُسْر إما كنتَ واليُسْـر

لا تخلطنَّهم بغيرهــــم
من يَخْلِطُ العِقْيان بالصُفْــر

## 世上有多少朋友……

世上有多少朋友
　　你走红时，难将他认清。

他会对你虚情假意，
　　见面总是笑脸相迎；

竭力责备背信弃义，
　　大力赞扬信义、友情。

然而，你一旦背时倒运，
　　他会与时运一齐向你进攻。

那种嫌贫爱富的人
　　你千万莫同他们讲交情。

交友要交那些始终如一者，
　　不管你在顺境还是逆境。

莫把两种人混同起来看待：
　　黄金是黄金，黄铜是黄铜。

# 萨利赫·阿卜杜·库杜斯(?—783)

## (صالِح عبد القُدُوس)

生长于巴士拉，释奴出身，祖籍可能是波斯。早年信奉其祖先崇信的摩尼教（即祆教——拜火教）的二元论，认为世界由光明与黑暗构成，两者各由一位神主宰，世上一切福祸皆由两者相混而产生。他性喜辩论，著有《疑惑书》(كتاب الشكوك)一书。晚年双目失明，以“精底格”（伪信者）的罪名被追查、处死于巴格达。但这一罪名是否属实，历来一些学者看法不一。

# الحكمة

وإنّ عناءً أن تُفهِّمَ جاهلاً

ويحسَبُ، جهلاً، أنه منك أعلمُ

متى يبلُغُ البُنْيانُ يوماً تمامَه

إذا كنتَ تبنيهِ، وغيرُك يَـهْدَمُ!

## 格言

你让一个蠢人懂事可真费劲,
　　蠢在他自以为比你更有学问。

如果你在建设,别人在破坏,
　　那这建筑何时才能把工竣?

# 艾布·舍迈格迈格(?—约 796)

## (أبو الشَّمَقْمَق)

生于巴士拉，祖籍呼罗珊，原为伍麦叶族的释奴。家境十分贫困，曾浪游波斯、伊拉克各地，最后定居于巴格达。善写讽刺诗。其诗常描写其家的艰难处境，深刻地反映了当时下层人民的贫困生活，有较广泛的人民性，加之语言诙谐、幽默、平易、自然、通俗、流畅，故受民众的喜爱。虽历来不甚受文学史家们的重视，但实为当时难得的民间诗人之一。

## الشكوى

لو ركبتُ البحارَ صارت فجاجاً

لا ترى في متونها أمـــــواجا

فلو أني وضعتُ ياقوتةً حمراءَ

في راحـتي، لصارت زجاجــا

ولو أني وردت عذباً فُـــراتاً

عاد لا شكَّ فيه ملحاً أجاجــا

## 怨世

我欲渡海海变山，
　　海中不见波浪翻；

宝石落在我手中，
　　也会变成玻璃片；

纵有清水甜似蜜，
　　我欲喝时苦又咸。

# 阿巴斯·本·艾哈奈夫(？—808)

## (العَبّاس بن الأَحْنَف)

生于巴格达一豪门大族。曾与诗人艾布·努瓦斯等交往，以善写情诗著称。他受哈里发哈伦·赖世德赏识，成为其清客，并陪其征讨亚美尼亚、阿塞拜疆等地。其情诗感情真挚、细腻，皆为其钟情的美女馥姬所写。诗中写尽其相思、苦恋之情，缠绵悱恻，与伍麦叶朝的贞情诗一脉相承，平易自然，清新流畅，充分显示出诗人的风雅、痴情。

## الدمع واللسان

لا جزَى الله دَمْع عيني خيرًا
وجزَى الله كلَّ خير لساني

نَمَّ دمعي فليس يكتم شيئا
ورأيت اللسان ذا كتمانِ

كنتُ مثلَ الكتاب أخفاه طيٌّ
فاستدلّوا عليه بالعُنوانِ

## 眼泪与舌头

愿真主不要奖赏我的眼泪,
　　而愿他好好奖赏我的舌头。

泪水把我的秘密暴露无遗,
　　舌头却能将我的秘密缄守。

我似书合起来掩藏着内容,
　　人们据题目却知书中所有。

# 欧莱娅·宾特·麦赫迪(775/776—825)

(عُلَيّة بنت المَهْدِيّ)

哈里发麦赫迪（754—775在位）的女儿，著名哈里发哈伦·赖世德（786—809在位）的妹妹。生于巴格达，也长期生活于巴格达，但亦随其放任在外地的丈夫到过许多地方。她能诗善唱，但对宗教很虔诚，不过有时饮酒。其诗多为情诗，亦有颂诗、讽刺诗、咏酒诗。诗中善用借喻和隐语；常在诗中把情人的名字故意写成女的。

## الصبابة

كتمتُ اسمَ الحبيبِ عن العِبادِ،

وردّدتُ الصَبابةَ في فُؤادي

فوا شوقي إلى بَلَدٍ خَلــــيّ

لعلّي باسم من أهوى أنادي

## 痴情

我对情人的名字秘而不宣,
　　只在心中将痴情重温再三。

我真想找一个空旷的地方,
　　也许能将爱人的名字呼喊!

# 迈哈穆德·瓦拉格(?—844)

(محمود الوَرّاق)

生活于巴格达。早年可能以贩卖奴隶为业,后来改行以抄书为生。其一生颇多曲折、变故:既有穷奢极欲的岁月,也有穷困潦倒的日子。他是位多产的诗人。后人曾将他的诗歌收集、整理、校订成集出版,集有215首诗。他擅长各种题旨,如恋情、讽刺、哲理等。但其后期大量的诗歌还是以劝世笃信真主为主。其劝世诗,通俗易懂,平白如话,有利于宣扬伊斯兰教的教义、教法,很多诗句成为警句、格言,在民间传诵,影响很大。

## الزهد

لبِستُ صُروفَ الدهر كهلاً وناشئًا

وجرّبتُ حالَيْهِ على العُسْر واليُسْرِ

فلم أرَ بعد الدِينِ خيرًا من الغِنـــى

ولم أرى بعد الكُفْر شرًّا من الفقـر!

## 劝世

我经历过人生的青春和中年,
　　我有过幸福,也尝过辛酸。

我认为除了信教,富有最好,
　　除了叛教,贫穷最为凶险。

# 迪阿比勒(765—860)
(دِعبِل الخُزاعيّ)

生于库法。其父、叔父皆为诗人。他自幼与下层贫民、浪子交往，不畏权势，不媚权贵。他以善写讽刺诗著称，其诗尖酸、刻薄，矛头直指哈里发及其手下文官武将，致遭杀身之祸。其诗传世不多。其诗虽师承穆斯林·本·瓦立德，注重雕琢，但相比之下，较为朴素、流畅。除诗之外，还著有《诗人评传》，以见其对诗歌颇有鉴赏力。

## هجاؤه في المعتصم

ملوك بني العبّاس في الكُتْب سبعـــةٌ

ولم تأْتِنا عن ثامنٍ لهُمُ كُتْــــــــبُ

كذلك أهلُ الكهف في الكهف سبعةٌ

خِيارٌ إذا عُدُّوا وثامنُهمْ كلـــــــبُ

وإني لأُعْلِي كلبَهم عنك رُتْبـــــــةً

لأنّكَ ذُو ذنْبٍ وليس له ذنـــــبُ

لقد ضاعَ مُلْكُ الناس إذْ ساسَ مُلْكهم

وصيفٌ وأَشْناسٌ، وقد عَظُمَ الخَطْبُ

## 讽哈里发穆阿台绥姆

名见经传的阿拔斯国王有七个，
   关于第八个，书上却只字无有①。

"洞中人"②也是只有七个贤者，
   若是数起来，第八个则是条狗。

我认为他们的狗比你还高一等，
   因为你有罪过，而它却并没有。

瓦绥夫与艾什纳斯既已掌权③，
   人们早已亡国，而大难临头。

---

① 七个国王指赛法哈（749—753 在位）、曼苏尔（753—774 在位）、麦赫迪（774—785 在位）、哈迪（785—786 在位）、哈伦·拉希德（786—808 在位）、艾敏（808—813 在位）、麦蒙（813—833 在位），第八个国王指穆阿台绥姆（833—841 在位）。
② "洞中人"指《圣经》与《古兰经》中的传说人物，俗称"七眠子"。
③ 瓦绥夫与艾什纳斯是突厥近卫军中的将军。

# 阿拔斯朝中期

（847—945）

# 阿里·本·杰赫姆(约804—863)

(عليّ بن الجَهْم)

　　生于巴格达，祖先为古莱氏族人，祖居呼罗珊。他与大诗人艾布·泰马姆交往甚笃。他以颂诗蒙哈里发穆台瓦基勒恩宠，但因树敌过多，遂被进谗而失宠，被流放至呼罗珊。获释后又回巴格达，欲参加对罗马的征讨，途遇游牧民拦劫，受伤而死。他是最早以诗记史，将诸哈里发事迹写成诗的阿拉伯诗人。他在监狱和流放中写的怨诉、咏志诗被认为是其最好的诗作。

## سقى الله ليلا ضمّنا بعد فرقة

سقَى اللهُ ليلا ضَمَّنا بعد فُرْقةٍ

وأَدنى فؤادًا من فؤادٍ معذَّبِ

فبِتْنا جميعًا لو تُراقُ زُجاجـةٌ

من الراح فيما بيننا لم تسرَّبِ

## 今夜我们久别重聚

真主开恩,今夜我们久别重聚,
　　两颗受尽折磨的心紧贴在一起。

于是我们亲亲密密,合二为一,
　　若倒一瓶酒,也不会漏掉一滴。

# 布赫图里(820—897)
## (البُحْتُرِيّ)

  生死皆在叙利亚,塔伊部族人。曾受大诗人艾布·泰马姆提携。诗人为历任哈里发和文官武将歌功颂德,受到他们的保护和奖赏,特别受到哈里发穆台瓦基勒及其宰相法塔赫的厚爱和恩宠。诗人有诗集传世,称《金链集》。此外,编有《激情诗集》。其诗既体现了游牧人的气质,又受新文明的影响,立意新颖,描写细腻,音调铿锵和谐。

## يذمّ بكبر الأنف

رأيتُ الخشعمي يقلّ أنفًا
يضيق بعرضه البلد الفضـــاء

سما صعد فقصر كلّ سامٍ
لهيبته وغصّ به الهـــــــواء

هو الجبل لــــولا ذراه
إذن وقعت على الأرض السماء

## 嘲大鼻子

海什阿米的鼻子真是少见的一怪,
　　它宽得连大地都显得狭窄。

它高耸入云,风都难以流动,
　　与它相比,再高的东西也都显矮。

它是一座高山,若非那似峰的鼻尖,
　　天都会塌到地上来!

# 伊本·鲁米(836—896)

(ابن الرُومِيّ)

  生于巴格达,父亲为希腊血统。诗人生活道路艰难、坎坷,使他早衰、悲观、多疑、喜怒无常。其诗量多,且多长篇,尤以讽刺诗和写景咏物诗见长。其讽刺诗有的辛辣、尖刻;有的诙谐、幽默。写景咏物诗则反映诗人具有敏锐的观察力和细腻的情感。其诗结构严密,具有较强的逻辑性;语言通俗,易为大众接受;但往往即兴而作,一气呵成,不加润饰,有时显得冗长。

## يهجو عيسى بن منصور

يُقتِّرِ عيسى على نفسه،

وليس بباقٍ ولا خالـدِ

فلو يستطيع لتقتيــره

تنفّسَ مِنْ مِنْخَرٍ واحدِ!

# 嘲小气[1]

伊萨对自己也刻薄、小气，
　　纵然他不会长生不死。

为了节约，若有可能，
　　他会只用一只鼻孔呼吸。

[1] 这是一首讽刺一个名叫伊萨·本·曼苏尔的悭吝人的小诗。

# 伊本·穆阿台兹(861—908)

(ابن المُعْتَزّ)

生于萨迈拉，逝于巴格达。出身于哈里发王族世家。在当时权势斗争中，仅作过一天的哈里发即被杀。诗人自幼受名师传授，不到 10 岁即开始写诗，师承布赫图里，崇尚古诗的传统风格。他善于描写自然景物之美，如星、云、园圃、骆驼、马等，善用比拟、借喻等修辞手段，文字上精雕细刻，臻于精妙。他谙熟音乐，故其诗作铿锵和谐，悦耳动听。

## نيلوفر

وبِرْكَةٍ تزْهُو بِنِيلُوفَرٍ

ألوانُه بالحُسن منعوتَـــهْ

نهارُه ينظر من مُقْلةٍ

شاخصةِ الأجفان مبهوته

كأنّما كلّ قضيبٍ له

يحمل في أعلاه ياقوتـــه

## 荷花

满塘荷花绚丽灿烂,
　　形形色色皆露娇艳。

白昼睁开一只巨眼,
　　在惊奇地向它观看。

好似它的每根枝茎
　　都有颗红宝石顶在上端。

# 赛瑙伯雷(?—946)

(الصَنَوْبَرِيّ)

  生于叙利亚地区的安塔基亚。他性好漫游，信奉什叶派。曾任赛弗·道莱的图书馆馆长。其诗汲取著名诗人艾布·泰马姆、布赫图里、伊本·鲁米、伊本·穆阿台兹等诸家之长，独树一帜，以写田园、自然风光的诗歌最为著名。由于他对大自然的美有深厚的感情，观察仔细，描写细腻、生动、形象、富于想象，被认为是阿拉伯田园诗歌的一代宗师。

# وصف الثلج

ذهِّبْ كؤوسَك يا غُلا

مُ فإن ذا يومٌ مُفَضَّـــــضْ

الجوُّ يُجْلَى في البيـــا

ضِ وفي حليِّ الدُرِّ يُعْرَضْ

أ ظننتَ ذا ثلــجًا وذا

وردٌ على الأغصان يُنْفَضْ

وَرْدُ الربيع ملـــــوَّنٌ

والورد في كانونَ أبْيَــضْ

## 咏雪

请把金樽琼浆高举,
　　今天是银镶的日子。

世界裹着白色素衣,
　　一身都是珠光宝气。

你可以为那是雪吗?
　　不!是枝头花落遍地。

春天花开五颜六色,
　　冬季花开却是白的。

# 法杜露·莎伊莱(？—874)

(فَضْل الشاعِرة)

为混血女奴婢，故又称法杜露·阿卜迪娅（شاعرة العبديَّة，意为"女奴法杜露"）。生于巴士拉，并在那里接受教育和训练。她被辗转贩卖，最后被献于哈里发穆台瓦基勒（847—861在位）。她才貌双全，机智聪明，能歌善诗，艺压群芳。她与哈里发穆斯台因（862—866在位）的宫廷文书赛伊德·本·侯迈德相爱，以情诗往来唱和，传为诗坛佳话。其诗多为情诗，亦有部分颂诗和讽刺诗。

# يا حسن الوجه سيئ الأدب

يا حسنَ الوجه سـيئ الأدبِ،
شِبْتَ وأنت الغُلامُ فـي الأدبِ

ويْحَكَ، إن القيانَ كالشَرَك المنصو
بِ بين الغُرور والكَـــذِبِ

لا يتصدَّيْنَ للفقـــير، ولا
يَتْبِعنَ إلاّ مواضع الذهـــبِ

بَيْنا تشكّى اليك إذ خرجـت
من لحظاتِ الشكوى الى الطلب

تَلْحَظُ هـــذا وذا وذاك وذا
لحظَ مُحبٍّ بعين مُكْتسِــبِ!

## 你缺德! [1]

你缺德！空有一张漂亮的脸，
　　头发白了，还风流不减当年。

你该死！不知歌女好似罗网，
　　靠的全是欺骗与谎言。

她们从不搭理穷人，
　　成天总是围着钱转。

她们先是向你叫苦连天，
　　转眼就提出要求一大串。

她们眼瞧着这个，又瞟着那个，
　　貌似爱你，实际上只是生意眼。

---

[1] 诗人闻知其情夫赛伊德·本·侯迈德与另一歌女有情，遂生醋意，故写这首诗寄予他。

# 赛伊德·本·侯迈德(生卒年不详)

(سعيد بن حُمَيْد)

生于萨迈拉。在哈里发麦蒙（813—833在位）时代就已是著名的文学家和杰出的宫廷文书。他为人风流倜傥，喜欢沾花惹草。他与才貌双全的女奴诗人法杜露的爱情故事被传为文坛佳话。其诗婉丽、风趣。多为情诗、讽刺诗。

## تعالَيْ نجدّدُ عهدَ الرضا

تعالَيْ نجدّدُ عهدَ الرضـــا

ونصفَحُ في الحبّ عمّا مضى

ونجري على سُنّة العاشقين

ونضْمَنُ عنّي وعنكِ الرضا

ويبذلُ هذا لهذا هـــواه،

ويَصْبِر في حُبّه للقضـــا

ونخضعُ ذُلاً خضوعَ العبيدِ

لمولىً عزيزٍ إذا أعرضـــا

فإنّيَ مُذْ لجّ هذا العتـــابُ

كأنّيَ أبْطَنْتُ جَمْرَ الغضـــا

## 让我们重续前缘再追欢!  ①

来呀,让我们重续前缘再追欢!
　　原谅昔日的风流往事,莫再谈!

让我们按照情人的规矩行事,
　　共同保证你欢我乐心甘情愿。

大家都要为对方把真情奉献,
　　在爱情方面要忍受命运判断。

要像奴仆对主人般百依百顺,
　　即使主人冷落他也无悔无怨。

说真的,自从遭到这场责备,
　　我就似置身于炭火辗转不安。

---

① 这是诗人与情人法杜露闹别扭后,希望重归于好的一首诗。

# 艾布·阿伊纳(807—896)

(أبو العَيْناء)

出身释奴。生于阿瓦士（现属伊朗），后迁居巴士拉，并在那里受教于名师手下。当时他已双目失明，年已四十。后离开巴士拉去巴格达，得宠于哈里发穆台瓦基勒（847—861在位），晚年又回到巴士拉，并逝于那里。他聪明机智、交游甚广，且能言善辩，幽默风趣。其诗数量不多，但多为精心之作，通俗易懂，妙趣横生。题旨多为哲理、矜夸和讽刺。

## وفي فمي صارمٌ كالسيف مشهور

إن يأخذِ اللهُ من عينيّ نورَهمــا

ففي لساني وسَمْعي منهما نـــورُ

قلبٌ ذكيٌ وعقلٌ غير ذي خطلٍ،

وفي فمي صارمٌ كالسيف مشهورُ

## 口中似含剑般的犀利

如果说真主拿走了我两眼的光辉,
　　那是把它放进了我的耳朵和嘴里。

我有一颗聪慧的心和睿智的头脑,
　　口中好似含有一柄宝剑般的犀利。

# 哈拉智(858—922/伊243—309)

# (الحَلاّج)

原名侯赛因·本·曼苏尔（الحسين بن منصور），但以“哈拉智”著称。生于波斯贝达镇，著名的伊斯兰教苏非派思想家。曾云游四方，传播苏非教义，远至印度。他极力劝世，倡导禁欲、苦修，以达到“无我”、与真主合一的境界，并标榜自己经苦行、修炼已达到与真主合一、与真理等同的最高境界。但被当局认为是离经叛道。以伪信、叛教的罪名，他曾两度被捕，系狱8年，后遭磔刑处死。死后至今仍被苏非派尊为“殉道者”。

## أنا مَن أهوى...

أنا مَن أهوى، ومَن أهوى أنا
نحن روحان حللْنا بـــــدنا

فإذا أبصرتَني أبصــــــرتَه
وإذا أبصرتَه أبصرتَنـــــــا

# 我是我爱者……[1]

我是我爱者，我爱者是我，
　　我们是两个灵魂共一躯壳。

你若见到我，就会见到他，
　　你若见到他，就会见到我。

[1] 此为诗人标榜自己已达到认主合一境界的一首诗。

# 杰哈翟(839—938)

## (جَحْظَة البَرْمَكِيّ)

民间诗人。原名艾布·哈桑·艾哈迈德，是曾辅佐阿拔斯王朝的波斯巴尔麦克家族的后裔。他相貌丑陋，两眼突出，故以“杰哈翟”（意为“凸眼的”）著称。他一生贫困，以弹冬不拉行吟卖唱为生。他多才多艺，聪明机智，幽默诙谐。其诗通俗易懂，生动有趣，被人们广为传唱。其诗反映了当时下层人民的疾苦，具有较强的人民性。

## أحمد الله لم أقل قط ...

أحمَدُ الله لم أقُلْ قطُّ يا بَــــدْ
رُ ويا مُنْصفًا ويا كافــــــورُ

لا ، ولا قلتُ: أين أين الشواهِـ
ـينُ ووزَّانُنا وأين البــــــذورُ

لا ، ولا قِيل: قد أتاك من الضَيْـ
ـعة بُرٌّ موفَّرٌ وشعيــــــــرُ

أنا خلْوٌ من المماليك والأَمْـــــ
ـلاك جَلْدٌ على البلا وصَبــورُ

ليس إلاّ كُسَيْرةٌ وقُدَيْـــــحٌ
وخُلَيْقٌ أتتْ عليه الدهـــورُ

## 赞美真主，我从没有……

赞美真主，我从没有
　　男奴女婢供我驱唤；

我从来没有粮食
　　要找杆秤称称算算；

从没有人对我说过：
　　"你地里的大麦、小麦丰产。"

我既没有奴仆又无财产，
　　只有挺着腰杆忍受灾难。

有的只是一口水，一口饭，
　　身上一件破衣衫。

# 胡布祖乌尔吉(? —939/942)

# (الخُبْزُأُرْزِيّ)

民间诗人。生于巴士拉。原名奈斯尔·本·艾哈迈德（نصر بن أحمد），因在巴士拉郊区米尔拜德集市开店卖大米面做的大饼为生，故以胡布祖乌尔吉（原意为“大米面饼师傅”）著称。他是文盲，不会读书写字，却能出口成章。为人风趣幽默，故人们常挤在他门前听他念诗、讲笑话。其诗多为情诗，亦有哲理诗，语言通俗易懂，浅白如话，又诙谐活泼，故不胫而走，风靡一时，在民间广为传诵。他曾去巴格达住过很长一段时间。关于其死因，一说，他曾因写诗讽刺邮政大臣，故被淹死；一说，他逃离巴士拉，死于巴林。

## إذا ما لسان المرء أكثر هذره...

إذا ما لسانُ المرءِ أَكْثِرَ هَـذْرُه

فذاك لسان بالبلاء مُـــوكّلُ

إذا شئتَ أن تحيا عزيزًا مسلّمًا

فدبّرْ وميّزْ ما تقولُ وتفعـــلُ

## 如果一个人常常喜欢胡说

如果一个人常常喜欢胡说,
　　他的舌头就难免招灾惹祸。

如果你想活得让别人尊敬,
　　就得掂量该如何说如何做!

又译:

　　如果一个人的舌头
　　　　总爱信口雌黄,
　　那么这条舌头
　　　　难免带来祸殃。

　　如果你想要
　　　　活得尊严、像样,
　　那就该好好考虑
　　　　应怎样做,又怎样讲。

# 阿拔斯朝后期

# (945—1258)

# 穆太奈比(915—965)

(المُتَنَبِّي)

生于库法，祖籍也门。诗人早年试图凭借诗才求功名未能如愿，遂自称"穆太奈比"（原意即"假先知"），鼓动并领导部分游牧民造反，结果被囚禁两年。获释后曾四处行吟，先后为40多名王公贵族歌功颂德。948年受到阿勒颇的哈姆丹王赛弗·道莱赏识，君臣相处达9年之久，是其诗作最盛时期。诗人有诗集传世。其诗劲健新奇、富于哲理，对后世影响很大，不少诗句成为脍炙人口的格言、警句和成语。

## إذا غامرتَ في شرفٍ مَرُومِ

إذا غامرتَ في شرفٍ مَرُومِ
فلا تقْنعْ بما دون النجــومِ

فطعمُ الموت في أمرٍ حقيــرٍ
كطعم الموت في أمر عظيم

## 你若不惜生命去追求荣耀

你若不惜生命去追求荣耀,
　　那就应当把星星当作目标。

因为碌碌无为或建功立业,
　　到头来死都是一样的味道。

## الحياة والموت

عِشْ عزيزًا أو مُتْ وأنتَ كريمٌ
بين طعن القَنا وخَفق البنــودِ

فرؤوسُ الرِماحِ أذْهَبُ للغَيْـ
ـظِ وأشْفَى لغِلِّ صدر الحَقودِ

لا كما قد حيَيْتَ غيرَ حميـدٍ
وإذا مُتَّ مُتَّ غيرَ فقيـــــدِ

فاطلبِ العزَّ في لـظًى ودَعِ
الذلَّ ولو كان في جِنان الخلود

## 生与死

要活得尊严,死得光荣,
　　在战旗下,在枪丛中!

让熠熠闪光的枪尖
　　解除一切仇恨和愤怒!

活,不能庸庸碌碌苟活在世,
　　死,不能窝窝囊囊不为人知。

纵然在地狱也要去追求荣誉,
　　即使在天堂也不能忍辱受屈!

# 艾布·菲拉斯·哈姆达尼(932—968)

## (أبو الفِراس الحَمْدانِيّ)

生于摩苏尔一王宫贵族家庭，幼年父亲被害，被堂兄、姐夫阿勒颇王赛弗·道莱抚养。自幼即能诗善骑。959 年，随赛弗·道莱征战罗马人时受伤被俘，逃脱后，于 962 年再次被俘，4 年后才获释。赛弗·道莱死后，诗人与其子发生冲突，被杀。诗人有诗集传世，1873 年首次于贝鲁特印行。其中最著名的是《罗马集》。其诗感情真挚、细腻，语言生动、感人。

## أمور

هل ترى النِعْمةَ دامتْ
لكبيرٍ أو صغيـــــــرِ؟

أو ترى أمرَيْنِ جـاءا
أولاً مثلَ أخـــــيرِ؟

إنّما تجْرِي التصـاريف
بتقليب الأمـــــورِ

ففقيرٌ من غنـــــيّ
وغنيٌّ من فقــــيرِ

## 事物

你看无论是老是少,
　　富贵岂能地久天长?

你再看两件事,
　　前后岂能一样?

事物总是千变万化,
　　演绎世上福祸沧桑:

富翁可能原是一贫如洗,
　　穷人可能原来金玉满堂。

## 谢里夫·赖迪(970—1016)
(الشريف الرَضِيّ)

生于巴格达。他以诗歌参与了当时的各派权势之争,为什叶派圣裔贵族的领袖。他企图登上哈里发宝座,但终未达到目的。他有诗集传世,1889年于贝鲁特首次印行。他将游牧时代古诗的质朴、刚健与城居文明时代诗歌的温柔、细腻、华丽融为一体。他受诗人穆太奈比的影响颇大,在诗中抒怀咏志,情真意切,悦耳动听,尤以《希贾兹集》的情诗著名。

# هِمّة

هِمّةٌ كالسماء بُعْداً وكالريـــح
هبوباً في كلّ شرقٍ وغــربِ

ونزاعٍ الى العُلَى يعظم العِيس
عن الورْد بين ماءٍ وعُشْـبِ

رُبَّ بُؤْسٍ غدا عليّ بنعمـــاء
وبُعْدٍ أفْضى اليّ بقــــــربِ

## 雄心壮志

雄心壮志像天空一样高远,
　　好似雄风把山南海北吹遍。

向往建功立业会使得良驼
　　不再去把清水和绿草留恋。

苦难也许会为我带来幸福,
　　使远在天边变为近在眼前。

# 麦阿里(973—1057)

## (أبو العَلاء المَعَرِّيّ)

生于叙利亚的名门望族。幼年时因患天花，致使双目失明。1007年来到巴格达，虽曾在文坛学林名噪一时，但遭人嫉妒，又闻母病而返故里。因失明在家，与世隔绝，故自称“双料囚徒”。有诗集《燧火集》《鲁祖米亚特》。其诗反映了诗人愤世嫉俗，对当时政治腐败、社会混乱的强烈不满，也表现出诗人崇尚理性，反对迷信，对传统进行大胆挑战的精神。

## الشمعة

وصفراءَ لونَ التِبْرِ مِثْلي جليدةٌ

على نُوَبِ الأيّام والعيش الضَنْـــكِ

تُريكَ ابتسامًا دائمًا وتجلُّـــــدًا

وصبرًا على ما نابَها وهي في الهَلْـكِ

ولو نطقت يومًا لقالتْ: أظنُّكم

تخالون أني من حذار الرَدَى أبكِـي

فلا تحسبوا دَمْعي لوَجْدٍ وجدْتُه

فقد تدمع الأحداقُ مِن كثْرة الضَحْكِ

## 咏烛

它似我，尽管岁月多艰，
　　光灿灿，仍如黄金一般。

虽在消亡，却总是让人看到笑脸，
　　对自己的遭际是那样坚强、勇敢。

若能开口，它一定会说：
　　你们以为我是怕死才泪水不断，

其实我哭并非由于悲伤，
　　欢笑有时也会泪流满面。

## ولو أنّي حُبِيتُ بالخُلْد فردا

ولو أنّي حُبِيتُ بالخُلْد فـردا
لما أحببتُ بالخلد انفـرادا

فلا هطلت عليَّ ولا بأرضي
سحائبُ ليس تنتظم البلادا

ولكنَّ الشباب إذا تولَّـى
فهجلٌ أن تروم له ارتـدادا

## 即使恩准我进入天堂

即使恩准我进入天堂,
　　我也不愿将永生独享。

云雨若不能泽遍祖国,
　　就不必落在我的地上!

但是青春一旦逝去,
　　若想追回乃是妄想。

# 伊本·法里德(1181—1234)
(ابن الفارِض)

　　原名欧麦尔·本·阿里（عمر بن عليّ），祖籍叙利亚的哈马，生于开罗。他信奉苏非派教义，在开罗郊区穆盖泰姆山下离群索居，昼夜苦修。他还曾到麦加修行达15年之久。回开罗后，声誉鹊起，被尊为"圣徒"，死后葬于穆盖泰姆山下，至今仍有人去其陵墓拜谒。其著名的诗作是《酒颂》和《修行吟》。其诗被苏非派奉为经典，常在宗教仪式上配乐歌唱。

## أعِدْ ذِكْرَ من أهوى

أعِدْ ذِكْرَ من أهوى ولو بـــملام
فإن أحاديث الحبيب مدامـــــي

كأنّ عَذُولي بالوِصال مبشِّـــري
وإنْ كنتُ لم أطمع بردّ سلامـــي

طريحُ جَوًى صبٌّ جريحُ جوارحٍ
قتيلُ جُفونٍ بالدوام دوامـــــي

صحيحٌ عليلٌ فاطلبوني من الضَنَى
ففيها كما شاءَ النحولُ مُقامـــــي

## 再提提我之所爱

再提提我之所爱,哪怕是责备!
  情人的话题似美酒,总令我醉。

非难我热恋的人好似向我道喜,
  纵然我并不希望自己会被搭理。

爱情使我痛苦,遍体鳞伤,卧床不起,
  我被杀死了,秋波似箭,何其犀利!

又健康,又有病,我浑身软弱无力,
  在她面前,我要多憔悴有多憔悴!

# 白哈·祖海尔(1135—1258)

(البَهاء زُهَيْر)

生于麦加附近的枣椰林谷地，后随家迁入埃及，受到艾尤卜王萨里赫的赏识，后随其到大马士革上任。当萨里赫一度被篡权期间，诗人仍效忠于他，故而被国王视为心腹，任为枢密文书。晚年失宠，贫困潦倒。诗人有诗集传世，曾多次在开罗、贝鲁特印行。他的诗中以情诗最著名，特点是轻松、活泼、诙谐有趣，读起来悦耳动听，富有韵味。

## إن شكا القلبُ هجركم ...

إن شكا القلبُ هجركم
مَهّدَ الحُبُّ عذركم

لو رأيتم مـــحلّكم
من فؤادي لسرَّكم

قصّروا حدّة الـجفا
طوَّل الله عمـركم

## 心在抱怨您的离走

心在抱怨您的离走,
　　爱却在为您找理由。

若是见到您在我心中的位置,
　　那一定会让您喜上心头。

亲近些,不要疏远!
　　求真主让您长寿!

# 库沙基姆(903—970)

(الكُشاجِم)

祖籍印度,生于巴勒斯坦拉姆拉。曾浪迹耶路撒冷、大马士革、阿勒颇、巴格达、开罗等地。曾为王公贵族歌功颂德。有诗集传世,1895年在贝鲁特首次印行。其诗奉现实主义手法,多写具体生动细节,又擅长描写自然景物。

### وَدِدتّ أنّي في يدَيْه صحيفةً

ورأيتُه في الطِرْس يكتب مرَّةً
غَلَطًا ويُوصِلُ مَحْوَه برُضابِــــه

فوَدِدتّ أنّي في يدَيْه صحيفـةً
ووِدِدتُّه لا يهتدي لصوابِـــــه

## 真想成为他手下的纸

有一次我见到他写错了字,
 用口水设法把那错误涂去;

于是真想成为他手下的纸,
 并希望他永远没有写对时。

# 赛利伊·赖法(?—976)

## (السَرِيّ الرَفّاء)

生长于摩苏尔。早年曾在一裁缝铺学艺，同时学习文学、诗歌。后到阿勒颇，投在赛弗·道莱门下。在赛弗·道莱死后，又到巴格达，为权贵歌功颂德。其诗富于想象，善用形象的比喻，写得生动感人。不少题材取自身边生活，让人读后感到亲切。

# كانت الإبرة صائبة

وكانت الإبرةُ فيما مضى

صائبةً وجهي وأشعاري

فأصبح الرِزق بها ضيّقًا

كأنّه مـــن ثقبها جاري

## 过去是依靠着针线

过去是依靠着针线
　　维持我的诗歌与体面;

如今生计靠它则难,
　　难似衣食要通过针眼。

# 艾哈奈夫·欧克白里(？—995)

(الأَحْنَف العُكْبَرِيّ)

巴格达著名的丐帮诗人。丐帮诗人自认为原是盛极一时、不可一世的波斯萨珊王的子孙，后贫困潦倒靠行乞为生，故而他们也常以"萨珊汉"自居。他极富有文才，遗有诗集，首次印行于1999年。诗集包括了各种题旨，如：矜夸、颂诗、挽诗、情诗、讽刺诗、描状诗、劝世诗、哲理诗等等。其中最具特色的是他的怨世诗。其诗浅白如话，通俗易懂，反映了下层贫苦大众啼饥号寒的生活状况，表达了他们对社会不公愤懑不平的心声。此外，他还对哲学、天文学等有相当的造诣。

## ليس لي إلفٌ ولا سكن

العنكبوتُ بَنَتْ بيتًا على وهـنٍ
تأوي إليه وما لي مثلهُ وطــنُ

والخنفساءُ لها مِنْ جنسِه سكنٌ
وليس لي مثلها إلفٌ ولا سكنُ

## 我没有伴也没有家

蜘蛛结网可以住下,
　　我却无处安身浪迹天涯;

蜣螂尚可群居一处,
　　我却既没有伴也没有家。

# 艾布·杜赖夫·海兹赖基(912—1002)
(أبو دُلَف الخَزْرَجِيّ)

生于延布,是丐帮文人或"萨珊汉"的魁首,先后活跃于萨曼王朝和布韦希王朝。他不仅能诗善文,而且通晓医学、星相、考古等。他为人聪明、机智、幽默、风趣。遗有长诗《萨珊吟》(قصيدة الساسانيّات),诗中描述丐帮文人或称"萨珊汉"的生活状况:他们如何撒谎行骗、装疯卖傻,行乞、偷抢,如何跋山涉水,背井离乡,过着风餐露宿、饥一顿饱一顿的生活。此外,他还被认为是一位著名的旅行家。其足迹遍及西亚、中亚。他将所到之处的所见所闻都详细地记录下来,汇编成书,名为《诸国奇观》(عجائب البلدان)。

## لنا الدنيا

فنحن الناسُ كلُّ النا

س في البرّ وفي البحرِ

أخذنا جِزْيَةَ الخلـق

من ألصين الى مصـرِ

الى طَنْجةَ بل في كـ

ـلِّ أرضٍ خَيْلُنا تَسْري

إذا ضاق بنا قُطْـرٌ

نَزُلْ عنه إلى قُطْـــرِ

لنا الدنيا بما فـــيها

من الإسلام والكُفْــرِ

نصطافُ على الثلج

ونَشْتُو بلدَ التـــمرِ

## 整个世界都属于我们

我们就是人们,
　　在陆地,在海洋。

从中国到埃及,
　　我们所到的一切地方,

世人都要照规矩
　　把赋税为我们献上。

一旦一处难以存身,
　　我们就奔走他乡。

整个世界都属于我们,
　　不管对伊斯兰教是否信仰。

我们度夏是在冰雪天,
　　过冬则是在椰枣之乡。

# 米赫亚尔·德莱米(?970—1037)
(مِهْيار الدَيْلَمِيّ)

祖籍是波斯靠近里海的德莱姆地区，成长、受教育于巴格达。他原为袄教（拜火教）教徒，后改奉伊斯兰教。他同其师谢里夫·赖迪一样，诗作颇丰，抒情咏志，感时抚事，托物兴怀，涉及多种题旨，尤擅长作怨世诗，诗中写出虽然世道多变，时乖命蹇，但他恃才傲物，桀骜不驯，洁身自好，不肯随波逐流，以意志坚强自诩，以刚正不阿、宁折不弯的宝剑自况。他亦喜欢作矜夸诗，其诗带有浓厚的"舒欧比主义"（الشعوبيّة）[①]色彩，即多宣扬自己为波斯的后裔，并以此为骄傲。

---

[①] 所谓"舒欧比主义"就是一些非阿拉伯民族（主要是波斯的）穆斯林学者、文人竭力贬抑原为贝杜因人的阿拉伯人及其文化，而褒扬他们自己民族的文化。

## تعاليه على أحوال الدنيا

متى ضنَّتِ الدنيا عليّ فأبصرتْ

لسانِيَ فيها بالسُؤال يجـــــودُ؟

إذا كنتَ حُرًّا فاجتنبْ شهواتِها

فإنّ بنيها للزمان عَبـــــــيدُ.

إذا شئتَ أن تلقى الأنامَ معظَّماً

فلا تَلْقَهم إلاّ وأنت سعيـــــد!

## 傲世

何曾见过尘世对我吝啬,
　　我开口乞求过它开恩施舍?

世人原本是时间的奴隶,
　　君子要避开种种欲望诱惑。

你若要让人们瞧得起你,
　　就要时时显得你幸福快乐。

安达卢西亚时期

(711—1493)

# 艾扎勒(772—864)

## (الغَزّال)

生于今西班牙南部的哈恩（Jaen）。原名为叶哈亚・本・哈克姆(يحى بن الحكم),“艾扎勒”原为其绰号，意为“羚羊”，诗人因英俊潇洒、风度翩翩而得名。他长寿，享年九十二岁，曾先后与后伍麦叶王朝的五位哈里发同代。

## فما فضل الغنيّ على الفقير؟

أرى أهل اليسار إذا تُوُفُوا
بَنوا تلك المقابر بالصـخور

أبَوْا إلا مباهاة وفـــــخرا
على الفقراء حتى في القبور

إذا أكل الثرى هذا وهـذا
فما فضل الغنيّ على الفقير؟

## 富人怎么就比穷人好?

我看到富有的人一旦死掉,
　　用贵重的石料把陵墓修造。

他们即使是躺在坟墓里面
　　也还要向穷人显摆、炫耀。

其实泥土吞食人不分彼此,
　　那么富人怎么就比穷人好?

# 伊本·宰敦(1003—1071)
(ابن زَيْدُون)

安达卢西亚诗人。生于科尔多瓦，出身名门。不到 20 岁就以文才闻名，为科尔多瓦国王伊本·杰赫瓦尔赏识，任为重臣。后因爱上公主、女诗人婉拉黛，被情敌、大臣伊本·阿卜杜斯进谗陷害，而遭监禁。后为塞维利亚国王穆阿台迪德父子收留，任为宰相。他能诗善文。其诗感情强烈而细腻，情诗写得最美，语言流畅，富于音乐性。

## أيّها النائم

ما ضَرَّ لو أنَّك لي راحِـــمُ
وعِلَّتي أنتَ بها عالِـــمُ؟

يَهْنِيكَ، يا سُؤْلي ويا بُغْيَتي
أنَّكَ ممّا أشتكي سالــمُ

تَضْحَكُ في الحُبِّ، وأبكي أنا
اللهُ، فيما بيننا، حاكِـم

أقول لمَّا طارَ عنّي الكَـرى
قولَ مُعَنًّى، قلبُه هائـمُ:

يا نائمًا أيقَظَني حُبُّـــهُ،
هَبْ لي رُقادًا أيّها النائـمُ!

## 喂,安睡的人!

你知道我的病源,
　　何妨对我可怜可怜?

我之所求,我之所爱的人啊!
　　不管我的委屈,你可坦然?

为爱情,你在笑,我在哭,
　　真主可以为我们做裁判。

睡眠离我远远地飞走了,
　　心中留下惆怅,烦恼无限。

喂,安睡的人!对你的爱唤醒了我,
　　如今,快快还给我以安眠!

# 穆阿台米德·本·阿巴德(1040—1095)

(المُعْتَمِد بن عَبّاد)

安达卢西亚诗人。1068年继承其父王位,为塞维利亚王。他能诗善文,文武双全。曾求助于摩洛哥王伊本·塔什芬,击败卡斯蒂利亚王阿勒芳斯六世。但事后伊本·塔什芬却夺其领土,将其俘虏。晚年屈辱而死。其诗特点是感情真挚而强烈,语言流畅、明快,不矫揉造作。前期作品主要描述其宫中生活,晚期作品则多悲叹时运不济,抒发其悲愤忧郁的心境。

## كتبتُ وعندي من فراقكِ ما عندي

كتبتُ وعندي من فراقكِ ما عندي
وفي كبدي ما فيه، من لوعة الوجـدِ

وما خطَّتِ الأقلامُ إلاّ وأدمعـــــي
تخطُّ سطورَ الشوق في صفحة الخدِّ

ولولا طِلاب المجد زرتُك طيَّـــه
عميدًا كم زار الندى ورق الـــورد

فقبّلتُ ما تحت اللثام من اللمـــى
وعانقت ما فوق الوشاح من العقـد

## 万语千言涌笔端

万语千言涌笔端,
　　离情别绪催心肝,

笔下墨水腮上泪,
　　行行难写尽思念。

若非求功名,我会将你探,
　　——如同露水访花瓣。

亲吻面纱下的芳唇,
　　拥抱锦带上的项链。

# 伊本·海法捷(1058—1138)

## (ابن خَلافاجة)

安达卢西亚诗人。生于巴伦西亚所属的舒格尔岛。他不以其诗取媚于王公贵族，而致力于对绚丽多彩的家乡自然景色进行描绘，即使赞美诗、悼亡诗也往往离不开对自然景物的描写。其诗以量取胜，较少创新，过于重视修辞、藻饰。

## الأندلس

يا أهلَ أندلسٍ، لله دَرُّكُـــــمُ

ماءٌ وظِلٌّ وأنهارٌ وأشــــجارُ

ما جنّة الخُلْد إلاّ في دِياركُـــمُ

ولوْ تخيَّرْتُ هذا كنت أختــارُ

لا تَخْتَشُوا أبداً أن تدخلوا سقرا

فليس تُدْخَلُ بعد الجنّة النـــارُ

## 安达卢西亚

安达卢西亚人,你们真好运!
　　处处泉水、江河、绿树、浓荫。

永恒的天堂就在你们的家园,
　　若让我选择,这里最称我的心。

你们永不必担心进火狱了,
　　从天堂出来岂会再把火狱进!

# 伊本·宰嘎格(1096—1124)

## (ابن الزَقّاق البَلَنْسِيّ)

安达卢西亚诗人。生于巴伦西亚。原名艾布·哈桑·本·阿忒耶（ابن الحسن عليّ بن عطيَّة），但以伊本·宰嘎格（意为“皮囊商之子”）著称。据说是因其父是个穷苦的卖盛水用的皮囊小贩而得名。诗人师随舅父伊本·海法捷，苦学成才。其诗集于 1964 年在贝鲁特正式出版。诗风清奇、典雅，设喻新颖别致，引人遐想。尤工于情诗和景物诗。

## الشقائق

ورياضٍ من الشقائق أضحى
يتهادى فيها نسيمُ الــــرياحِ

زرتُها والغمامُ يجلد منهــــا
زهراتٍ تروقُ لونَ الــــراحِ

قِيلَ ما ذَنْبُها فقلتُ مُجيبًا:
سرقتْ حمرةَ الخدودِ المِلاحِ

## 罂粟花

满园罂粟花红似火,
　　微风从中蹒跚而过。

游园正值乌云鞭笞
　　酒一样颜色的花朵。

有人问它何罪之有,我说:
　　"它偷了美女腮上的红色。"

# 伊本·阿拉比(1165—1240)
(ابن عَرابِيّ)

伊斯兰教苏非派哲学家。生于穆尔西亚,早年就学于塞维利亚,受传统的伊斯兰教育,师从多名苏非派大师,智慧超人。于1198年、1201年两度赴麦加朝觐,曾游历西亚、北非各地,最后定居于大马士革。他博采众说,将思辨的苏非主义发展为系统的神秘主义理论体系,其主要著作《麦加的默示》和《智慧的珍宝》为整个苏非派的发展提供了理论框架。他死于大马士革。被后人尊为大长老和宗教复兴者。

# الحبُّ ديني

لقد صار قلبي قابلا كلَّ صورةٍ

فَمَرْعًى لغِزلانٍ وديرٌ لرُهْبـــانِ

وبيتٌ لأوثانٍ وكعبة طائــفٍ

والواحُ توراة ومصحفُ قــرآنِ

أدينُ بدين الحبِّ أنَّى توجَّهتْ

ركائبه فالحبُّ ديني وإيمانـــي

## 爱就是我的宗教

我的心可以
　　接受各种形象：

羚羊的草场，
　　修士的禅房，

穆斯林的克尔白，
　　拜物教的庙堂，

《旧约》的经文，
　　《古兰经》的篇章。

我信奉爱的宗教，
　　不管它在何方

爱就是我的宗教，
　　就是我的信仰。

# 艾布·白嘎·伦迪(1204—1285)

## (أبو البَقاء الرُنْدِيّ)

生于马拉加西部的一个名叫伦达的山镇。家学渊源，自幼聪颖过人，很早就能诗善文，并精通《圣训》与教法。著有《心灵的游园》(روضة الأنس ونزهة النفس)，是一部有关文学掌故的趣闻集；还著有《作诗观止》(كتاب الوافي في نظم القوافى)，是一部有关写作与欣赏诗歌的著作。他与当时格林纳达的埃米尔王室关系密切，曾为他们写有颂诗。此外，他亦写有情诗、描状诗、劝世诗等。但最令他遐迩闻名、传诵至今的是长诗《悼安达卢西亚》。

# لكل شيء إذا ما تم نقصان

لكل شيءٍ إذا ما تمَّ نقصانُ

فلا يغرّ بطيب العيش إنسانُ

هي الأمور كما شاهدتها دولٌ

من سرَّهُ زمنٌ ساءته أزمـــانُ

(من "مرثية الأندلس")

## 世上诸事圆满之后是缺憾

世上诸事圆满之后是缺憾,
　　因此莫要受安逸生活蒙骗。

诸朝列国都可证明这一点:
　　一时欢乐,更多的是苦难。

　　　　（选自《悼安达卢西亚》）

# 婉拉黛(? —1091)

## (وَلاّدة بِنْت المُسْتَكْفِي)

哈里发穆斯泰克菲的女儿。这位公主才貌双全，秀外慧中，艳丽迷人，是安达卢西亚最著名的女诗人。她将自己在科尔多瓦的住处搞成一个文学沙龙，全国的文人骚客慕名而来，谈诗论文，都以能参与其中为荣。她与诗人伊本·宰敦共坠爱河，但日久生变。她后与另一个富有的追求者、大臣伊本·阿卜杜斯交往。婉拉黛不仅擅长写情诗，而且也是写讽刺诗的高手。史书记载，她享有长寿，但终生未嫁，只是以一代才女留名于世。

## أمشي مشيتي

أنا والله أصلح للمعالــــــي
وأمشي مشيتي وأتيه تيهــــا

أمكن عاشقي من صحن خدّي
وأمنح قبلتي لمن يشتهيهــــا

## 我行我素

凭真主起誓,我亦有雄心壮志,
　　我行我素,岂肯俯仰由人!

我可以让情人抚摸我的面颊,
　　亦可将亲吻赠予渴望它的人。

# 哈芙莎(? —1190)

# (حَفْصة الرُكُونِيّة)

安达卢西亚女诗人。生于格拉纳达，是才貌双全的名门闺秀。她才思敏捷，能够出口成章，曾任格拉纳达王室女眷的教师。她与诗人、大臣艾布·加法尔相爱，互相赠诗唱和。其诗多为情诗。诗句流畅、婉丽，虽喜借隐喻、双关，显得含蓄；但在爱情上却显得主动、大胆、率直，这在中世纪伊斯兰教的氛围中，实为难得。

## أزورك أم تزورني؟

أزوركَ أم تزورني؟ فإنّ قلبي
إلى ما تشتهي أبدًا أميـــلُ

فثغري موردٌ عـــذب زلالٌ
وفرع ذؤابتي ظلٌّ ظليـــلُ

وقد أمَّلتُ أن تظمأ وتضحي
إذا وافى إليك بي المقيـــلُ

فعجِّل بالجواب فما جميـــل
إباؤك، عن بثينة، يا جميلُ

## 是我看望你,还是你来把我探询?

是我看望你,还是你来把我探询?
　　你所喜爱的事,我也总是倾心。

我的嘴是甘美、清澈的泉源,
　　我的额发是一片浓密的绿荫。

一旦梦中同你邂逅相遇,
　　我曾希望你会干渴,受烈日蒸熏。

哲米勒①,快答应布赛娜吧!
　　何必推三阻四,显得那么骄矜!

---

① 哲米勒(جميل بثينة ?—701)是伍麦叶朝著名的贞情诗诗人,他与布赛娜相爱的故事成为传世经典。

# 近古时期

（1258—1798）

# 沙布·翟里夫(1263—1289)

(الشابّ الشريف)

原名穆罕默德·本·苏莱曼,沙布·翟里夫原为其绰号,意为"风流才子"。他生于开罗,父亲是诗人。他长期生活在大马士革,担任司库职务,性格开朗、豪放,落拓不羁。善于作情诗。其诗通俗、平易、流畅、洒脱,有时还不免有土语词句,令人读起来感到亲切、风趣,便于记忆,为时人争相传诵。

## لأي شيئ كسرت قلبي؟

يا ساكِناً قلبي المُعَـــنّى
وليس فيه سِـواكَ ثانِ

لأيّ شيئٍ كَسرتَ قلبي
وما التقى فيه ساكنانِ

## 为何要揉碎我的心?

啊!你在我的心中,使它痛苦难忍,
　　这颗心中除你之外,再也没有他人。

既然没有两者在我心中相遇,
　　那么你为何却要揉碎我的心?

# 蒲绥里(1212—1296)

(شَرَف الدِين البُصِيرِيّ)

马木鲁克王朝诗人。生于上埃及的代拉斯市,一说生于蒲绥尔镇。祖先是马格里布的柏柏尔人。家境贫寒,曾以撰写墓志铭为业,后作过税务官,并在开罗办过私塾。他善写颂诗与讽刺诗,曾在诗中抱怨当时官场腐败,悲叹自身清廉却贫困的遭遇。最著名的诗是歌颂先知的《斗篷颂》(又译《天方诗经》)。其诗庄重、典雅,深受穆斯林喜爱。

## ثَكِلتْ طوائف المستخدمينا

ثَكِلتْ طوائف المستخدمينا
فلم أرَ فيهم رجلاً أمينًـــــــا

فَخُذْ أخبارهم منّي شِفاهًـــا
وأَنْظِرْني لأخبرك اليقينـــــا

فقد عاشرتُهم ولبثتُ فيــهم
مع التخريب من عمري سنينا

فكم سرقوا الغِلالَ وما عرفنا
بهم ، فكأنَّهم سقوا العيونـــــا

ولولا ذاك ما لبسوا حريرا
ولا شربوا خمور الأندرينـــــا

## 愿那些当官的断子绝孙!

愿那些当官的断子绝孙!
　　我看他们中没一个好人。

我可以亲口告诉你他们的丑事,
　　桩桩件件都确实可信。

我曾同他们打过多少年交道,
　　如今还在他们堆里厮混。

他们偷走了多少财产,我们不知,
　　好似他们也偷走了我们的瞳仁。

若非如此,他们不会穿绫罗绸缎,
　　也不会把安德丽纳美酒饮。

# 伊本·瓦尔迪(1290—1348)

## (ابن الوَرْدِيّ)

生于叙利亚的马阿雷特努曼，逝于阿勒颇。除能诗善文外，还精通语法、教法、历史，著作很多。他有诗集传世。最著名的一首诗名为《伊本·瓦尔迪勒韵诗》(لاميّة ابن الورديّ)，是一首教谕诗，规劝人们要循规蹈矩，不要肆行无忌。诗人曾被人称为“教法学家中的诗人，诗人中的教法学家”。

## الشكوى

لا تَحْرِصَنَّ على فضـــلٍ ولا أدبٍ،
فقد يَضُرُّ الفتى علمٌ وتحقيـــــقُ.

ولا تعُدَّ من العُقّال بينهـــــمُ،
فإنَّ كلَّ قليلِ العقل مـــــرزوقُ.

والحظُّ أَحسَنُ من خطٍّ تُزَوِّقـــه،
فما يُفيدُ قليلَ الحظِّ تَزْويـــــقُ؟

أهلُ الفضائلِ والآدابِ قد كَسَدُوا،
والجاهلون لقد قامتْ لهم ســـوقُ

والناسُ أعداءُ مَنْ سارتْ فضائلُـه،
وإنْ تعمَّقَ قالوا عنه زنديـــــقُ

## 怨世

不必注重品德和文才,
　　钻研学问也许倒有害。

不要去作个有头脑的人,
　　没有头脑的人倒会发财。

书法好不如运气好,
　　运气不好字写得再好也是无奈。

德才兼备的人无人问津,
　　愚昧无知的人倒逍遥自在。

人们专与有功德的人为敌,
　　他若深究,就说他怀疑真主的存在。

# 赛斐尤丁·希里(1278—1349)

(صَفِيُّ الدين الحِلِّيّ)

生于伊拉克幼发拉底河畔的希拉城，逝于巴格达。曾在马尔丁（今属土耳其）为阿尔图格王朝国王曼苏尔写过著名的《阿尔图基亚特》(الأرتقيات) 系列颂诗，共29首。创造"修辞诗"这一形式：即每行诗都运用一种修辞格式，可成为修辞的例句。同代诗人争相仿效成风。其诗虽不免受当时诗风的影响，过于雕琢，但却显露出诗人的出众才华。

# سَلِي الرماحَ العوالي عن معالينا

سَلِي الرماحَ العوالي عن معالينـا
واستشهدِي البيضَ هل خاب الرجا فينا

وسائلِي العُرْبَ والأتراكَ ما فعلتْ
في أرض قبرِ عُبيد الله أيدينـــــــــا

لمّا سَعَيْنا فما رقَّتْ عزائمُـــــــنا
عمّا نَرومُ ولا خابتْ مَساعِينـــــــــا

## 欲知我们的功绩……

欲知我们的功绩,不妨问问长枪,
　　剑刃可以作证,我们何曾令人失望!

问问阿拉伯人和突厥人,我们的手
　　曾做过些什么——在这片土地上!

一旦我们想做什么,意志绝不会动摇,
　　我们的一切拼搏,也从不以失败收场。

# 伊本·努巴台(1287—1366)
# (ابن النُباتة المِصْرِيّ)

生于迈亚法尔金（ميّافارقين）（今属土耳其），一说生于开罗。出身书香门第。在埃及长大。一度居住在大马士革，并曾为哈马的总督作过文书。后回埃及，逝于开罗。遗有诗集。其诗以怨世诗居多。也写过讽刺诗，谑而不虐。其诗语言轻柔、委婉、含蓄，喜用双关、隐喻等修辞手段，是在当时与赛斐尤丁·希里争雄于诗坛的名家。

## الشكوى

لا عارَ في أدبي أنْ لم ينَلْ رُتَبًا

وإنّما العارُ في دَهْري وفي بلدي

هذا كلامي وذا حظِّي، فيا عَجَبا

منّي لثَرْوة لَفْظٍ وافتقار يـــدِ

## 怨世

我的诗文不受赏识,并不可耻,
　　可耻的是这个岁月,这片土地!

这是我的话语,那是我的遭际,
　　奇怪的是富有文才却一贫如洗。

# 杰扎尔(1204—1281)

(أبو حُسَيْن الجَزّار)

埃及人。曾作过屠户,后以作诗谋生,有时亦在一些官衙内操文书业。其诗虽名噪一时,他却未得到权贵恩宠。其诗浅白如话,通俗易懂,且风趣幽默。题旨有恋情、讽刺,亦有一些哲理诗。有诗集《杰扎尔撷华》(تقاطيف الجزّار)传世。

# لا تعِبْني بصنعة القصّابِ

لا تعِبْني بصنعة القصّـــــــابِ

فهي أزكَى من عَـــــنْبَرَ الآدابِ

كان فضلي على الكلاب، فمُذْ صِرْ

تُ أديبًا رجوتُ فــضلَ الكلابِ

## 不要嫌屠户卑贱……

不要嫌屠户卑贱将我责备,
　　其实它远胜过文学的芳菲,

当年我对群狗曾有过恩德,
　　成了文人却要期望群狗的恩惠!

# 西拉志丁·瓦拉格(1218—1296)

(سِراج الدِين الوَرّاق)

马木鲁克朝诗人。埃及人。曾任埃及总督尤素福·赛福丁的文书。其诗想象丰富、有趣,刻意雕琢,尤喜用双关语。其名"西拉志丁"意为"宗教之灯","瓦拉格"意为"书商"(抄书、卖书人),诗人常爱用自己的名字作双关的短诗。其诗多诙谐。后人曾为他编选一诗集——《灯亮集》(لمع السراج)。

## فاقطَعْ لساني

كم قطع الجودُ من لسانٍ
قلَّدَ من نظمه النـــحورا

فها أنا شاعرٌ سِـــراجٌ
فاقطَعْ لساني أَزِدْكَ نورا

## 割掉我的舌头好了!

慷慨君子曾割掉过多少舌头①!
　　它吟出华章同珍珠项链一样。

喏!我这个诗人则是盏油灯②,
　　割掉我的舌头好了!我会为你增光!

---

① 阿拉伯传统:人们用金钱、礼品馈赠诗人,以使其缄默,不对馈赠者进行讽刺、攻击,谓之"割舌头"。
② 诗人名"西拉志丁",原意为"宗教之灯",故诗人在诗中用"油灯""割舌头"双关语进行调侃。

# 伊本·达尼亚勒(1248—1310)

(ابن الدانِيال)

生于伊拉克的摩苏尔，原有庄园，后因破产来到开罗，开了一家治眼疾的药铺，被人称作眼科大夫。为人风趣，性喜调侃。诗中常用双关语，致使妙语如珠，令人解颐。不过其诗多通过他创作的"影戏"流传于世。曾写有很多影戏剧本，但多已失传，仅存三部于世。剧本多为韵文。语言幽默、诙谐，为广大群众所喜闻乐见。剧本真实地反映了当时埃及，特别是开罗的社会风情。其影戏可谓阿拉伯戏剧文学的滥觞。

## أصبحت أفقر من يروح ويغتدي

أصبحتُ أفقر من يروح ويغتدي
ما في يدي من فاقة الأيــــدي

في منزل لم يحو غيري قاعـــدًا
فإذا رقدتُ، رقدتُ غير ممـــدَّدِ

لم يبقَ فيه سوى رسوم حصيرة
ومخدة كانت لأمّ الــمـهـتـــدي

ملقًى على طرّاحة في حشـــوها
قمل كمثل السمسم المتبـــدّد

والفأر تركض الخيول تسابقـــت
من كلّ جرداء الأديم وأجـــرد

هذا ولي ثوب تراه مرقــــعا
من كل لون مثل ريش الهدهـد

## 我成了世上最穷的人①

我成了世上最穷的人,
  两手空空,要啥没啥。

只能坐着,躺倒不能伸腿
  ——这就是我的家。

家里只有一领破席子,
  还有枕头,是妻子带自娘家。

我躺在床垫上,
  里面的虱子像散落的芝麻。

老鼠跑来跑去,
  在光秃秃的地面上好像赛马。

一身衣服,好像戴胜鸟的羽毛
  ——五颜六色,千补百衲。

---

① 该诗原见于诗人创作的影戏剧本《塔伊夫·海亚勒》。

# 伊本·苏顿(?—1463)

(ابن سُدُون)

　　马木鲁克时代著名的民间诗人。他幼年便用心背诵《古兰经》,学习各种宗教、文学知识,精通伊斯兰教法,被任命为开罗一清真寺的教长。他生性幽默、喜欢调侃,能作各种诙谐、幽默的诗歌,引得人们争相传诵。后来人们把这些诗歌及相关的笑话收集起来,汇编成书,称《开心解颐集》(نزهة النفوس ومضحك العبوس)。其诗最大特点是充分体现出埃及人诙谐、幽默、风趣、乐天的性格,让人们在艰难的世事中寻求开心。

## عجب

عجبٌ عجبٌ هذا عجـــــبُ
بَقَرا تَمشي ولها ذنـــــبُ

ولها في بُزَيِّزها لبـــــنٌ
يبدو للناس إذا حلبـــــوا

من أعجب ما في مصر يُرَي الـ
ـكَرْمُ يُرَى فيه العنـــــبُ

والنَخْلُ يُرَى فيه بَلَـــــحٌ
أيضًا ويُرَى فيه رُطَـــــبُ

والمركبُ معْ ما قد وسَقَـــتْ
في البحر بحبل تنسحـــبُ

والناقةُ لا منقارَ لهـــــا
والوزّةُ ليس لها قَتَـــــبُ

## "怪事"

奇怪，奇怪，真奇怪，
　　母牛走路还把尾巴甩。

它的乳房里竟有奶，
　　人们一挤就流出来。

埃及还有的事怪得不得了：
　　葡萄藤上竟然结葡萄，

枣椰树上还结椰枣，
　　生的熟的真不少。

河里竟然有货船，
　　用根缆绳能把它拽靠岸。

骆驼从不长鸟喙，
　　鹅的背上不放驮鞍。

# 侯赛因·杰宰里(? —约 1625)

(حُسَيْن الجَزَرِيّ)

奥斯曼帝国时代诗人。生于叙利亚的阿勒颇。幼年以背诵《古兰经》启蒙,后与一些宗教学者、文人交往。以诗作得到大马士革、伊拉克的王公贵族垂青,并步入君士坦丁堡。后又受到的黎波里王府伯孥·西法家族赏识,为他们写有大量颂诗。他有诗集传世,题为《珠串集》(العقود الدرّيّة)。

## لم يحترق إلاّ المَنْدَلُ

إن خَصَّني بالبؤس دهري دائمًا
دون الوَرَى فأنا بذلك أفضلُ

هذي عقاقيرُ العِطارة كلُّــــها
لم يحترق منهنَّ إلاّ الـــمَنْدَلُ

## 唯有香木才在火中焚烧

岁月总让我独自受苦难煎熬,
　　对此我并不抱怨,倒认为很好。

药店里的药材虽有千种万种,
　　其中唯有香木才在火中焚烧。

# 扫码获取朗诵

仲跻昆先生朗诵 1

仲跻昆先生朗诵 2

凯里姆先生朗诵 1

凯里姆先生朗诵 2

凯里姆先生朗诵 3

凯里姆先生朗诵 4